SHANGHAI LITERATURE & ART PUBLISHING GROUP

故事会 ®

故事会
精品系列

诚信故事

I0517181

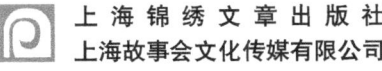

上海锦绣文章出版社
上海故事会文化传媒有限公司

上海文艺出版(集团)有限公司

图书在版编目(CIP)数据

诚信故事 《故事会》编辑部编 - 上海：上海锦绣文章出版社
(故事会精品系列) ISBN 978-7-5452-0584-8

Ⅰ.①诚… Ⅱ.①故… Ⅲ.①故事 作品集 中国 当代 Ⅳ.I247.8

中国版本图书馆 CIP 数据核字 (2010) 第 058712 号

丛 书 名：故事会精品系列

书 名：诚信故事

主 编：何承伟

编 委：何承伟 吴 伦 姚自豪 夏一鸣

责任编辑：刘迎曦 鲍 放

装帧设计：王 伟

责任督印：张 凯

出 版： 上海锦绣文章出版社

上海故事会文化传媒有限公司

POD 海外发行： 中国图书进出口上海公司

电话：021-36357888

传真：021-36357896

地址：上海市虹口区广中路 88 号

邮编：200083

海外 POD 发行版本

 STORIES

上海故事会文化传媒有限公司 出品 (00246) www.storychina.cn

目　　录

一念之间

诚信考场

开诚相见

一 念 之 间

一念之差还是一念之好，三思而私还是三思而善，因人而异。但其实，孰是孰非，即便是在最初，人们也是了然于心的。

断线风筝

食品加工厂有个采购员叫刘杰，是个心眼儿特活的小伙子，再难的采购任务也难不倒他，所以厂里上自领导、下至职工，大家都很喜欢他。

这一天，刘杰出差回来，屁股在椅子上还没坐热，王厂长就把他叫去了，对他说："我这两天快急死了，就等你回来，有件事交给旁人办我不放心，只有交给你去做。"说着，王厂长从柜子里拿出一个包，推到刘杰面前。

刘杰打开一看，包里一叠一叠全是百元大钞，不由疑惑地问："厂长，你是让我带着这些现金出去采购？厂里不是有规定，采购的钱一律从银行转账，怎么现在用现金了？"

王厂长朝他点点头，解释说："厂里正在开发一种新产品，要用到铁岭深山里的一种野菜,那里的山民认死理,一定要现钱交易。我哪里犟得过他们,只好把这些钱都从银行里提出来,一共是12万,你点点。"王厂长信任地看着刘杰,又说,"这么多钱带在身边,路上万一碰到点什么,厂里也就你会有办法对付。小伙子,辛苦点,今天就出发,去帮厂里把这件事办了,厂里等着货呢!天冷,多带点衣服!"

既然领导对自己这么信任,刘杰于是清点了一遍钞票,就坐上了去铁岭的长途汽车。

刘杰还是第一次带这么多现钱出差,整整12万呀!坐在车子上,他老是会不放心地去摸摸装钱的挎包。摸到后来,他居然脑子里蹦出一个念头来:这么多钱,如果都是我自己的,该多好!可惜不是啊!他深深地叹了口气。

可是这口气刚叹完,他就被自己这个念头吓了一大跳:我这是怎么啦?我怎么能这么想啊?领导这么信任我,我怎么能……该死!我真是该死!刘杰在心里狠狠地将自己骂了一顿。但奇怪的是,他的心就此却安宁不下来了,直到车子进了铁岭车站,他脑子里依然一团乱麻,12万钞票一直在他眼前晃个不停。

去山区还得再转车,这时已是下午4点,刘杰去售票处买票,售票员告诉他,去山区的末班车已经开走了。没办法,他只得在县城一家旅馆住下来。

早早吃过晚饭,刘杰就坐在床沿上发呆,那12万钞票还在他眼前跳哩!足足12万呐!他想:老天爷把它们送到我面前,可是我能用什么办法把它变成自己的呢?总不至于携款逃跑吧,再说跑又能跑到哪里去?

这时,客房电视机里正在播本地新闻,说昨晚有个歹徒在路上拦截一名下班回家的妇女,抢走了她身上的现金、耳环、金戒指等物。新闻里说,最近本市这类抢劫案件有所增加,希望广大市民在积极协助警方破案的同时,注意加强自身安全……

看着电视上的新闻画面,刘杰眼前一亮:我何不先把钱藏起来,然后制造一个被抢劫的假象?只要伪装得像,厂里谁会怀疑这钱是进了我的腰包?

这么一盘算,刘杰不觉兴奋起来。可是再仔细一想:毕竟这么多钱,藏哪儿合适呢?放家里?万一领导怀疑是监守自盗,那到家里一搜不就搜出来了?去存银行?现在银行存钱实行实名制,也不是办法。左想不行,右想不行,刘杰烦躁地关掉电视,打开窗户,望着窗外出神。

窗外不远处是一个公园,这天晚上有月光,所以公园里的水池和假山隐约可见,刘杰一下子就来了灵感:我为什么不可以把思路打开,把钱藏到那儿去?他直捶自己的脑袋:我怎么就没有想到呢!铁岭自己不是第一次来啊,对面那个公园去过一次,记得好像还不收门票,里面人很少。对了,好像那里一个水池中央还有一座假山,现在天这么冷,谁还会下水池去趟水?如果把钱藏在那里,应该是万无一失的啊!

说干就干,刘杰立即提着那只装了 12 万的挎包走出旅馆大门,去了公园。果然,公园的门敞开着,里面一个人影儿也没有。他来到水池边,这时候也顾不上冷了,脱下衣裤,哆哆嗦嗦趟着齐腰深的水,来到水池中央的假山上。这回他看仔细了,发现假山四周全是垒起来的石块,中间凹下去,即使将钱包扔在里面,不加任何掩饰也不会有人注意。但为了小心起见,他还是用水果刀在假山中间的泥地里挖了个坑,把包用土埋起来。

干完这一切,刘杰赶紧趟水返回,围着水池转了一圈,没看出丝毫破绽,他心里得意极了:嘻嘻,这事儿除了我自己,就只有老天知道了!

随后,刘杰便离开公园,走进一个小巷,看看前后没人,他突然用力将自己的头往墙上猛撞,痛得直吸冷气也咬牙忍着,直到额头真撞出血了,才放声大喊:"抢劫啦!抢劫啦!"然后,朝地上一倒,装着昏迷过去的样子。

躺了大约有两分钟,刘杰听到有脚步声过来了,接着一个人在探他的鼻息,问他伤得怎么样——是个男人的声音。刘杰紧闭着眼睛,不动,也不出声。那男人见他没反应,抱起他就朝大街上跑,一边跑一边喊:"车!停车!有人受伤了,要去医院!"

刘杰心想:这下好了,戏演得到位了!可谁知就在这时,只听一声刺耳的刹车声,他感觉有股巨力朝自己猛压过来,还来不及睁开眼睛,就真的一下子失去了知觉。

刘杰醒过来的时候,已经是第二天下午了,他发现自己躺在医院里,王厂长就坐在身边。看到王厂长,刘杰张了张嘴:"钱……我……"他很明白自己为什么会躺在医院里,所以定了定神,就装作满面愧疚的样子说,"厂长,我对不起你,我真没用,没能保住钱……"

王厂长见刘杰醒过来了,终于松了一口气,握着他的手宽慰说:"傻小伙子,钱丢就丢了,只要你人在,这就比什么都强啊!"

刘杰一听王厂长这么说,心里不禁也松了一口气:看来,自己的骗局成功了!

这时,一名警察走进来,要对刘杰做笔录。

警察问刘杰:"你能向我描述一下昨晚的经过吗?"

刘杰于是便将自己早已在肚子里复述了多遍的被劫经过,向警察正式讲了一遍。他描述得很像回事儿,末了还愤愤地说:"现在的人心哪,真是坏透了!"

警察却纠正他道:"同志,话可不能这么说。现在坏人是有,但好人毕竟是多数!你看人家李大伯,不就是个好人吗?"

刘杰问:"李大伯是谁?"

王厂长不由在旁边插嘴说:"就是当时要送你上医院的人,他急着拦车,对方车子开得太快,结果你们俩都被车撞了。"

刘杰没料到事情竟会是这样,忙问:"那李大伯……他伤得怎么样?"

王厂长摇摇头,叹息着说:"医生说是严重的脑震荡,恐怕会留下后遗症,说不定今后脑功能的恢复有问题。"

刘杰一听李大伯为自己受了这么重的伤,心里觉得很愧疚,挣扎着要从床上起来去看他。王厂长硬是把刘杰按住了,劝他说:"李大伯现在需要静养,他家人陪着,这会儿你就不要去打扰他了。"刘杰这才作罢。

十来天后,医生说刘杰可以出院了,王厂长特地来接他,并提议去看看李大伯,于是两个人一起来到李大伯的病房。可却不见李大伯人影,护士说来了两个警察,说是要带李大伯去公园。

刘杰一听护士这话,脑子里不由"嗡"地一震:警察带李大伯去公园干什么? 莫不是那天李大伯一直就跟在我后面,发现了我的秘密? 做贼心虚,他不由害怕起来,隐隐觉得自己有麻烦了。

王厂长建议说:"要不,我们也去公园看看吧?"

"为什么要去公园?"刘杰说,"我不想去。"

王厂长奇怪地看了刘杰一眼:"你……不行,你不想去也得去! 人家李大伯是为了你才这样的,你不去看看人家,说得过去吗?"

刘杰一时实在找不出理由回绝,没办法,只得硬着头皮跟着王厂长去公园。

可是才进公园大门,刘杰的两条腿就软了。只见一名警察用轮椅推着李大伯站在大水池旁边,而李大伯举着右手正朝水池中间的假山上指指点点。顺着李大伯的手势看过去,另外一名警察已经趟水到了水池中央,正要往假山上爬。刘杰的脸霎时变得惨白,脑子"嗡"地一下,瘫软在了地上。

"你怎么了?"王厂长赶紧拉住他。

这时,推轮椅的那名警察看见王厂长和刘杰来了,大步迎了过来。而就在此时,已经爬上假山的那名警察也从凹地里探出头来,朝这名警察大喊起来:"找到了,找到了,果然在这里!"

完了!什么都完了!刘杰知道,再想隐瞒已经不可能了,他只得垂头丧气地对迎上来的这名警察说:"我坦白,我坦白,那12万元是我埋在那里的,我糊涂,我……我贪心,我……"

迎面而来的警察突然听刘杰说这番话,愣住了。

这时,假山上的警察在山凹里直起腰来,手上举着一只断了线的风筝,朝这边的警察喊道:"小弟,我说带老爸到这里来看看景色,有助于他脑功能恢复,没错吧?别说大冬天的他要我们给他放风筝是有点糊涂,可他依旧知道风筝掉在这里,说明脑子不坏,有救,有希望啊!"

"什么?"刘杰顿时傻了眼,"你们是在捡风筝?"

而刘杰身边的警察这时却大笑起来,他已经明白是怎么回事了,冲着假山上的那名警察叫道:"哥,别忙着回来,再好好找找,看来那里还有一只更大的断线风筝呢!"

(方冠晴)

(**题图**:魏忠善)

吴老板买报

　　杂货铺的吴老板有读报纸的习惯,每天下午三四点钟,卖报纸的小刘就会给他把报纸送到铺子里来,还不收劳务费。吴老板作为回报,就常常赊点东西给小刘,月底一起结算,图的是个有来有往。

　　这天中午,铺子里生意很清淡,吴老板就搬了个凳子在门口的树阴下乘凉。无意中,他看到街角处的台阶上坐着一个穿得很破烂的老太婆,一手握着拐杖,一手托着报纸,在向过往的行人兜售。吴老板有点奇怪,他知道这一片儿的报纸生意都是小刘一个人在做的。

　　吴老板闲得无聊,又觉得好奇,于是就站起身来,准备到老太婆那儿去买张报纸来看看。他边往街角走,边从口袋里掏硬币。就在这时,从拐角处冲出一个人,挡在了他的面前,吴老板定睛一看,正是卖报纸的小刘。

小刘招呼他说:"吴老板,今儿有空啊?是现在来一份报纸,还是老规矩,下午我送过去?"小刘像往常一样殷勤周到,可吴老板今天不想买他的报纸,他想买那个可怜的老太婆的报纸。

小刘似乎一下子就看穿了吴老板的心思,侧过身,指着老太婆说:"哎,这是我奶奶,我刚把她从乡下接来。说不让她出来,她非说闲不住。吴老板,你要什么报纸?我们这儿现在除了日报,晚报也卖呢!"

吴老板点点头,心想:难怪自己没见过这个老太婆。他不由伸头又看了老太婆一眼,谁知那老太婆正好也朝这边看过来,还冲吴老板点点头。吴老板于是朝小刘笑笑,说:"原来是你奶奶呀!现在过日子不容易,以后你就每天日报、晚报都给我来一份吧!"

小刘一听,感激地朝吴老板点点头,赶紧把手里的报纸递给他。吴老板于是就坐在店铺门口,一边乘凉一边看了起来。

没多会儿,吴老板只觉得头顶的太阳越来越辣,正想退进店铺里去,突然听到一个声音,说要买一瓶水,抬头一看,竟是小刘的奶奶。吴老板立即起身从冰柜里取出一瓶矿泉水递给她,然后等着她付钱。

可谁知老太婆接过矿泉水,却没有半点要付钱的意思,问吴老板说:"老板,你这儿是可以记账的吧?我早上没卖出一份报纸,兜里没钱。"

吴老板一听,为难地说:"我这儿只赊账给熟人,生客是不能记账的。"

"我不能赊账,狗生可以赊了吧?我是他奶奶呀!"老太婆一边说着,一边就拧开矿泉水瓶盖,"咕咚咕咚"地喝了起来。

吴老板一愣,但立刻就明白了,老太婆说的"狗生",肯定就是小刘的小名,于是便点点头说:"他当然可以,他和我有些交道。"

老太婆一听笑了:"那好,你把这瓶水记到我们账上。这儿能赊账,还是他告诉我的呢!"说完,她拄着拐杖一瘸一拐地走了。

吴老板于是就从抽屉里掏出赊账本,在小刘那一页记下一行字:×年×月×日,狗生奶奶买矿泉水 1 瓶,3 块。

几天后就到了月底,小刘到杂货铺来给老刘送报纸,吴老板想起矿泉水的事,就把小刘叫进铺里,拿出赊帐本,翻到那一页,说:"小刘! 不不不,狗生! 你奶奶赊了一瓶矿泉水,你今天把钱付了?"

"什么矿泉水? 什么狗生? 我奶奶?"小刘摸摸后脑勺,半天没反应过来。

吴老板觉得很奇怪,说:"狗生不是你小名吗? 你奶奶那天在我这里喝了一瓶矿泉水,说让我记在你名下。嘿嘿,你自己不说,我还真不知道你居然还叫什么'狗生'!"吴老板耐心地给小刘解释着,最后没忘记拿他的小名取笑一番。

可是小刘却直朝他翻白眼:"吴老板,你不知道我是个孤儿吗? 我可没什么奶奶。"

"什么,你敢在我面前要赖?"吴老板一听小刘这话脸色就变了,从柜台后面冲出来,一副怒发冲冠的样子。

小刘一看吓坏了,连忙从口袋里掏钱。

吴老板的脸上这才"阴转多云"起来,他接过小刘递来的钱,然后把"×年×月×日,狗生奶奶买矿泉水一瓶,3 块"一行字划掉了。"我说你这孩子,不好好做人,倒学会撒谎了。我问你,这几天你奶奶怎么不见了,前两天她不还在帮你卖报纸吗?"

小刘这才想起那个因为抢他生意而被他赶走的老太婆。

(吴志强)

(题图:黄全昌)

打　　赌

　　李龙相貌堂堂,是一家电视台的节目主持人,他主持的"生活美如画"节目非常受欢迎,人们没有不喜欢他的。

　　李龙有个嗜好:信奉算命术。他有一本《周公解梦》,夜里做了梦,第二天起床后第一件事就是翻这本书,看主吉主凶。如果做的是凶梦,他这一整天便会特别小心翼翼,就连走路也蹑手蹑脚的。

　　这天夜里,李龙梦见自己在大街上裸奔,第二天早晨翻开解梦书一看:夜梦裸奔,预示进财。后面还有解释:因裸奔或是为抢财宝或是为避灾祸而来不及穿衣所致,故预示着进财。他很兴奋,想看看自己今天到底能发什么财。

　　可一直等到下午5点,也没有等来什么好事,相反因为等不及心里烦躁而骂了几句粗话,李龙还被领导批评了一通。他心里闷闷不乐,于是就去大街上闲逛散心,逛着逛着,走进了菜市场。

经过卖螃蟹的摊位时,一个年轻的摊主认出了李龙,就冲他喊道:"这不是电视台的李老师吗?又大又肥的活螃蟹,今天特价,来几只吧?"李龙低头一看,觉得螃蟹确实不错,就点头说:"那好,你给我来几只吧!"

小伙子过秤后,对李龙说:"李老师,这样吧,给您打八折,您给我8元4角得了!"李龙掏出钱包,抽出一张10元面额的钞票递给小伙子,然后提起螃蟹,等着小伙子找回零钱。

谁知小伙子一边找零钱,一边嘴里嘀咕着:"……80、90,还差1元6角……好,齐了。"他把钱递到李龙手里。

刹那间,李龙的心里一惊,又一喜:我明明给他10元,他却看成了100元。想不到解梦书里说的"进财"就在这里呀!

李龙接过钱,一把塞进兜里,说了句:"真是好螃蟹啊,下次还买你的!"随后赶紧转身回家。

到家后,他喜滋滋地掏出那把零钱清点,突然发现纸币里面夹着一张纸条,上面有字,仔细一看,写的是:

李老师:

　　我该谢谢您啊!因为我跟朋友闲聊时,曾拿您说事。我说:"别看电视里的李龙气宇轩昂,名气不小,他肯定也和常人一样,爱贪小便宜。"我朋友不信,非要和我打赌不可,赌注是500元。结果,你让我赢了。

　　　　　　　　　　　一个爱看你节目的小生意人

李龙看傻了眼……

　　　　　　　　　　　　　　　　　　　　　　(刘彦波)

　　　　　　　　　　　　　　　　　　　　(题图:张　恢)

黑车和黑狗

钱富富买了辆外地牌照的黑车,在城郊结合部跑客运,一天下来,上千元收入。钱富富很得意:这年头,撑死胆大的,饿死胆小的,只要一年半载不让警察抓住,这财发定了。

这天,钱富富车子开得飞快,猛地从路旁蹿出一个黑影,"吱——"他赶紧刹车,可是已经来不及了,"汪哩哩……"车子下面传来一阵凄厉的惨叫声。他顿时吓出一身冷汗,跳下车一看,是条黑狗,撞断了腿,血淋淋的,正在那里挣扎。

"断命狗,送死呀?"钱富富骂了一句,庆幸自己还好撞死的是条狗。

他正要继续开车上路,忽然一个汉子奔过来,不由分说一把揪住他,气急败坏地吼道:"你赔我的狗,赔我的狗!"

　　钱富富火冒三丈：“是你的狗自己蹿出来的，赔个屁？”

　　车里的乘客都帮着钱富富说话，怪这汉子没有看好自家的狗，让它在公路上乱蹿，居然还要无理取闹。那汉子一看这情势，干脆撒起泼来，抱起黑狗坐在路中央，哭爹喊娘般大叫大嚷：“我的黑黑呀，我二千元钱把你买来，儿子一样地待你，村里人谁不叫我黑狗洪生？把我的名字都和你连在一起了呀！哼，他不赔我二千元，今天就休想走路哇……”

　　那个叫黑狗洪生的汉子哭着叫着，黑狗在他的怀里惊恐地颤抖着，突然猛一口对准他的手腕咬了下去。黑狗洪生痛得龇牙咧嘴，叫声就更响了：“我可怜的黑黑呀，你怎么就给撞得六亲不认，连我都咬了呀？不行，他们除了赔我二千元，还要再加我一千元精神损失费哪！”

　　啧啧，今天算是碰上无赖了！

　　车里的乘客都急了：这样纠缠下去，车子什么时候才能再开啊？于是就有不少人劝钱富富给点钱算了，买个太平。可钱富富哪里肯忍下这口气，出这个冤枉钱？他跳上车，拼命按喇叭，把车子发动起来，想借势吓吓黑狗洪生。

　　可黑狗洪生就是不买账，抱着黑狗索性躺倒在车子前面，朝钱富富直吼：“你开，你开，你把我和黑黑一起轧死算了，我也不想活了！”

　　这时候，过路的车辆越来越多，在后面排成了长队，他们被钱富富的客车挡了道，喇叭声响成一片。那些司机下车跑到前面一看，黑狗已奄奄一息，狗血染红了黑狗洪生的衣裤，黑狗洪生的手腕上淌着血，他还不住地把血往脸上抹，所以全身就像挂了彩似的。

　　这么大的车祸，要出人命了呀，有人就叫着：“快打110报警！”

　　钱富富一听这话就紧张。为啥？他开的这车是人家快报废的黑车,便宜货买来的,弄了个假牌照,属于非法营运,如果警察一来,不但扣车,还要加重处罚,这损失可就远远不止黑狗洪生现在开出的价了。

钱富富脑子一转,立即说:"别报警了,这里前不着村、后不着店,等警察来不知要等到什么时候,我们还要赶路呢。算了,我吃亏就吃亏点吧!"他边说边摸出一叠钱,甩给黑狗洪生。

黑狗洪生拿过钱一数:"不行,还有一千元精神损失费,你不能赖了!"

真正要死呀!钱富富想:我前世欠了这泼皮无赖什么债?他恨得咬牙切齿,可回头一看,堵在路上的车辆越来越多,随时随地都会惊动警察,他急得双脚跳,却又没办法,只好再摸一千元钱出来。黑狗洪生拿了钱,拎了黑狗爬起来就跑。

钱富富重新开车上路,可自此以后他的车子一直开得不顺利,不是差点和迎面来的车撞鼻子,就是磕磕碰碰地差点开到路沟沟里去。后来好不容易开进城了,却被警察扣了下来,那警察厉害,一眼就看出他开的是黑车。

钱富富心里恨透了那个可恶的黑狗洪生,他心里发誓:不和这小子算账,自己就不是娘养的!所以没过几天,钱富富就急着往黑狗洪生的村子赶,心里直哼哼:"这个黑心家伙,不叫他把我给的钱吐出来,决不给他好日子过。"

跑进村里,他正要打听黑狗洪生住在什么地方,一眼就看见村东靠路边的一家,门口挂着一张狗皮,皮毛黑黑的。这不就是那只黑狗的皮?这里肯定就是那小子的家了。钱富富走过去就敲门,可是"砰砰砰"敲得手都疼了,里面却一点儿反应也没有。

难道这家伙出去了?钱富富狠狠地朝门上踢了两脚,"呸"吐了口唾沫,里面还是没有任何动静。这该死的家伙!钱富富心里愤愤地想:我今天寻到你门上了,还怕等不到你回来?他伸手把挂在门口的黑狗皮一扯,朝地上一摔,一屁股就坐了上去。

他刚坐下来，只听"突突突"一辆拖拉机开过来了，拖斗里传出一个女人凄厉的哭声，听得钱富富汗毛一凛一凛的："洪生啊，你实在不该去呀，明明是条野狗，你偏要认作家狗，为了敲人家三千元钱，你命也不要了呀？你知道不知道那是条疯狗啊，呜嘿嘿嘿……"

不得了，女人最后那句话把钱富富吓得一下从黑狗皮上蹦起来：这黑狗是只疯狗啊？他三步两步奔到拖拉机前一看，只见黑狗洪生躺在拖斗里，全身抽搐，满口流涎，那样子人不人、鬼不鬼的。女人说，黑狗洪生这病医院是没法治了，只能回家等死。

几个人七手八脚把黑狗洪生朝家里抬，钱富富吓得拔腿就跑。一路上，他不住地拍着脑袋对自己说："看来黑心事真是做不得啊！自己买黑车，万一出了车祸，家破人亡，不是和黑狗洪生一样死路一条了？还算好，车被警察扣住了。"

（张长公）

（**题图**：安玉民）

死亡游戏

耿诚下岗后,心情烦透了。这天他又和老婆吵了一架,一气之下就甩手出了门。

出门后,他漫无目的地在街上闲逛,走到一条叫紫云阁的小巷时,看见走在前面的一个中年男子突然摇晃了几下就一头栽倒在了地上,他跑上去一看,发现那男子仰面朝天躺倒在地上,大张着嘴,身边还有一个精致的密码箱。

耿诚不由探了探那人的鼻息,惊讶地发现他竟已停止了呼吸。耿诚活了半辈子还从没碰到过这样的事,他心跳如打鼓,鼻尖也冒汗了。

正在束手无策的时候,那个密码箱跳入了耿诚的视线。可奇怪的是,密码箱的箱盖竟是半开着的,耿诚顺手一掀,一道耀眼的光直射他的眼睛,箱子里竟然装满了珠宝首饰!

这个密码箱得值多少钱,自己干一辈子也赚不来啊! 耿诚的心忽然跳得厉害了,手也不停地颤抖,好像密码箱成了一包已经点着引线的炸药。不知怎地,他突然将箱子往怀里一塞,拔脚就往巷子外走。

刚走了几步,耿诚就听到背后传来一阵追赶的脚步声,似乎还有隐隐的喊声:"等等……等一下……"他吓出一身冷汗,不敢回头,加快脚步一溜烟地跑出了巷子。

回到家里已经是下午五点多钟了,耿诚知道这会儿老婆肯定是买菜去了,他赶紧关上房门,急不可待地将密码箱里的东西全倒了出来:钻戒、玉镯、宝石项链……耿诚一边用颤抖的手翻动着这些珠宝,一边心想:我这不是偷也不是抢,是老天看我可怜送给我的。

这样一想,耿诚有些坦然了。

突然,耿诚在珠宝堆里看到一张名片,他拿起一看,上面写着:钱柏万,虹鑫珠宝公司总经理。原来这个男人是珠宝店的老总,怪不得随身带着这么多值钱的玩意儿呢!

耿诚随手把钱柏万的名片朝桌上一丢,没想反面还有字,再拿起一看,上面赫然写着:我没有死,我患有特殊症状的强直性昏厥症,这种病一旦发作,其症状往往使人误认为我已经死了。如果您正遇我这种情况,敬请速告张仲德大夫,事后我定当重谢! 切切!"后面就是张大夫的联系地址和电话。

耿诚看完,惊得半天没回过神来,没想到这个钱柏万竟会是这么一种奇异的病况,他不由害怕起来:我不送他去医院,不是成了杀人犯吗? 想到事情的严重性,他拔腿就朝外面跑。

耿诚打车匆忙赶往紫云阁小巷,就是刚才钱柏万晕倒的地方。不过他不想让司机知道他要去哪里,所以在附近一个十字路口的地方就提前下了车。下车后,他像逛大街似的不紧不慢地走着,过了街角才直冲小巷口。

可是到那里一看:小巷里空无一人,原本钱柏万摔倒的地方,现在却停着一辆警车。耿诚这辈子很少跟警察打交道,但现在不得不向他们了解情况。

"同志,这儿发生了什么事?"耿诚结结巴巴地问。

"刚才有个人在这儿晕倒了,现在生死不明。"警察说,"我们已经先把他送走了,你可以为此事提供一些线索吗?"

"不不,我什么都不知道,只是听到警笛声过来看看而已……"耿诚说着,连连摆手。他脸上竭力装出一副事不关己的样子,可两腿却瑟瑟发抖。"我是杀人犯!"他脑海中不时闪过这个可怕的念头。

正当耿诚想赶快离开这个是非之地的时候,后面传来一声:"请稍等!"

耿诚回头一看,正是刚才那个警察。警察走到耿诚身边,和蔼地说:"刚才你对那个晕倒的人好像很关心,你是不是有什么情况要反映?你说出来,也许我还能帮上忙。"

"我,我……"耿诚犹豫了片刻,终于鼓起勇气说,"我想告诉你们,其实,刚才你们弄走的那个人……他、他还活着。你们可能以为他死了,实际上他只是昏厥过去……"

"你开什么玩笑?"听了耿诚的话,警察很吃惊,一副难以置信的表情。

耿诚不安地搔搔脖子,说:"我说的是实话。这人是犯病了,他常犯病,你们可千万别把他火化了,他绝对不能火化的……"

警察沉默了一阵,似乎在考虑着什么。过了一会儿,他说:"你能跟我走一趟,把你所知道的情况详细讲讲吗?"

怎么办?别无选择,只有到公安局去当面说清楚了。耿诚相信自己能将事情的来龙去脉说清楚,如果行事巧妙,也许还能隐瞒密码箱的事。最重要的是,要赶在将钱柏万火化之前……

公安局里，一个被称作"刘队长"的高个警察接待了耿诚。耿诚一边说，刘队长一边在本子上"刷刷"地记录。

"在紫云阁，对吗？中年男人，个子不高，五十来岁？"

"没错，就是他。"

"你认为他还没死？"

"我知道他肯定没死。"

"这恐怕是不可能的。"刘队长合上笔记，"我们发现这人的时候，他就是死了，没有脉搏，呼吸也停止了。刚才医生检查后确认他已经死亡，死因是心脏病发作。他的尸体现在停放在停尸间，正等着火化。所以你的担心没有任何根据，还是回去好好休息吧……"

什么？在停尸间，正等着火化？耿诚急了："警察同志，我说的可是真的，我见过这人的病情卡，就在他的密码箱里……"

"密码箱？什么密码箱？我们并没有在现场发现他有密码箱啊？"刘队长怀疑地看着耿诚，"到底是怎么回事？"

糟糕，这时耿诚才发现自己说漏嘴了，事情到这份上，只有如实交代了。

"密码箱……是我拿了。"耿诚垂头丧气地说，"当时我以为这人死了，东西对他也就没用了。现在我只有一个请求：赶快找一位有经验的医生来。"

刘队长若有所思地看看耿诚，然后拿起电话："小李吗？刚才送来的那具尸体还在我们这里吗？还在？太好了！"他放下电话，对耿诚说："请你跟我走一趟吧！"

耿诚随刘队长经接待室出门，向外走去。不一会儿，他们来到一条暗暗的走廊，刘队长打开一扇毛玻璃门，带耿诚走进一间地下室。

"请到这儿来。"刘队长拉开一个冰柜，扯下蒙住尸体的床单，"你认识这个人吗？"

耿诚咽了一口唾沫，壮着胆子朝冰柜看了一眼。可是就这一眼，耿诚糊涂了："不对不对，怎么他不是钱柏万？"耿诚发现，冰柜里的这个男人面庞瘦削，鼻子边还有一块青色的胎记。

"钱柏万？哪个钱柏万？"刘队长惊讶地望着耿诚。

耿诚说："就是洪鑫珠宝公司的总经理钱柏万呀！"

刘队长一听，立刻摇头道："这个人叫苟三，是个惯偷，我们和他是'老相识'了，曾经抓过他多次。这回他在紫云阁附近作案后，逃跑时心脏病突发，这完全是咎由自取。"

耿诚觉得非常不解：既然躺在这里的是苟三，那么钱柏万呢？他现在在哪里？是死是活？耿诚一下就蔫了，最后只好把事情经过详详细细地向刘队长坦白交待出来。

刘队长听了眉头一皱，觉得这事情有点复杂了，看来只有找到钱柏万，才能揭开谜底。在刘队长的布置下，警察们兵分几路，立刻行动起来。他们根据耿诚提供的卡片上的地址，查找钱柏万的洪鑫珠宝公司，很快发现那是个假地址；又拨通张仲德的电话，对方说张大夫正在外地度假，问是否知道一个叫钱柏万的病人，回答却说从来没听说过这个名字。

这时，刘队长的助手已经陪同耿诚回去把密码箱带来了公安局。经过鉴定，箱子里的珠宝都是假货，并不值钱。耿诚很气愤，没想到自己居然被人骗了。这也难怪，当时耿诚一下子见到这么多珠宝喜出望外，哪里还会想到去仔细辨别它的真假啊！

正当案件侦查陷入僵局时，局里来了一位电视台的导演，还带着他的摄像师。这位导演见了刘队长就自我介绍说他姓郑，要求让他的摄像师先放一段录像，然后再作解释。征得刘队长的同意后，导演就示意摄像师取出录像带，借用局里的机器为大家播放起来。

大家不看不打紧，一看都惊呆了，因为屏幕上清晰而完整地重现了耿诚在紫云阁拿走密码箱的全过程。导演略带歉意地解释说,这是电视台为了提高收视率新开设的一档节目,主题就是测试普通人在突然面对一大笔财富时会做出怎样的反应。为了增强节目的真实性,拍摄都是在被测试对象毫不知情的状态下进行的,所以钱柏万是由演员假扮的,珠宝当然就更不会是真的了。按原定计划,耿诚拿了密码箱之后,导演该从藏身处出来向他说明真相,可他们没想到耿诚跑得比兔子还快,工作人员根本追不上他。而正当导演犹豫是否该继续拍下去时,又发生了惯偷苟三发病、耿诚重返现场等新情况,导演当即决定将计就计,于是这一切就都留在了摄像机的镜头里面。

真相大白,耿诚懊恼地低着头,真恨不得有个洞钻进去才好。导演拍拍他的肩膀说:"老兄,你的行为给我们大家都上了一课。如果你同意的话,我们想把这个过程做成一部纪录片,片名都想好了,就叫《死亡游戏》。怎么样?"

"这点子不错!"没待耿诚开口,刘队长在旁边接过了话头,"不过导演,你们用这种方式制作节目,是不是有扰乱治安之嫌啊?关于这个问题,我想请你留一留,我们好好谈谈……"

"啊?"导演一听,晕了……

（李　磊）

（题图:魏忠善）

两只怀表

在一个名叫卢瓦的小镇上,有一家独一无二的典当铺,老板是个很精明的中年人,名叫波纳尔。

那是个冬天的早晨,波纳尔正偎在火炉旁,边喝咖啡边烤火,突然,"吱"地一声,当铺的门被推开了,夹着冷风进来一个人,冲着柜台里面的波纳尔问道:"先生,你是这儿的老板吗?"

波纳尔抬头一看,只见那人高高的个子,瘦瘦的脸,一头蓬乱的头发,眼睛里好像布满了血丝,红红的,看上去不过二十五六岁年纪。波纳尔冷冷地问道:"你找我有什么事?"

年轻人说:"我这里有块父亲留下来的怀表,因为家里有急用,想用它当点钱,请你看看,能当多少?"他说着,掏出一只怀表来,放到了柜台上。

凭经验,波纳尔知道,这个年轻人不是穷困潦倒就是输光了赌本,谁知道他这块怀表是捡来的还是偷来的?他这样想着,便站起身走过去,拿起那块怀表细细地看起来。

这是一块很有些年头了的旧怀表,黄而发黑的表盘上布满了灰尘和污垢,表蒙子上裂了一条细细的缝,又大又笨的一块表,却配了一条轻飘飘的铝表链,显得很不协调。波纳尔随手拧了几下,那表居然还会走,而且"嚓嚓嚓"的响声清脆而有力。

波纳尔将表放回到柜台上,对年轻人说:"最多二十元,当不当?"

年轻人一听,皱了皱眉头,说:"能不能再多点?二十元派不了用场呀!"

波纳尔摇摇头:"不能再多了,你愿意就当,不愿意就走人。"

年轻人见没有商量的余地,只得无可奈何地说:"那好,就请给钱吧!"

波纳尔于是就麻利地写好当票,取出二十元钱,对年轻人说:"当票上写着这块怀表的特征,你必须在两个月之内凭这张当票,再带三十四元钱来赎回。若是过了期……"

"这我知道,两个月之内我不来赎回,这表就归你了。"年轻人说着,抓过钱和当票就匆匆走了。

望着年轻人远去的背影,波纳尔在想:这家伙十有八九是不会再来了,可惜刚才没有狠狠心,把价压得再低些。他走进里屋,把年轻人的怀表锁进了抽屉里。

时隔两天,当铺里又来了个衣衫褴褛的老太太。她拿出一块怀表,对波纳尔说:"先生,我这里有块表,旧是旧了点,可它还能走,表链还是银的。只因家里没有吃的了,望先生给个好价,救我一命吧!"

波纳尔接过表一看,不觉一愣,连眼睛都瞪圆了。你猜怎么着?原来这只怀表居然与两天前年轻人拿来的那只一模一样。

莫不是自己放抽屉里的那只怀表被偷啦？他不由对老太太说："你等等，我进去看看再说。"

波纳尔来到里屋，打开抽屉一看，年轻人的那只怀表好好地躺在那儿。他把年轻人的怀表从抽屉里拿出来，和老太太的表放在桌上一比较，他惊讶地发现，这两只表的式样、花纹，甚至污垢都一模一样，上了劲之后两只表都会"嚓嚓嚓"地走。虽然表链子一只是铝的，一只是银的，但制作工艺看上去完全一样。

猛地，波纳尔蹦出了一个念头：我何不将这两只怀表调换一下？那样的话，光表链就能赚一笔钱呀！他越想越觉得这事儿完全可以做到神不知、鬼不觉，于是立即将老太太拿来的怀表锁进了抽屉，然后拿着年轻人的怀表走出里屋，来到柜台边，将表递给老太太，说："老人家，对不起，你这块表太旧了，不值钱，我不能要。"

老太太愣愣地看着波纳尔，张口想说什么，但终究没说出来，她最后叹了口气，颤颤巍巍地拿着那块被调了包的怀表，离开了波纳尔的典当铺。

波纳尔做了这件见不得人的事后，心里多少也有点感到不舒坦，他很担心老太太发觉后会找上门来，可是一连几天风平浪静，他这才放下了心。

但万万没有想到，半个月后的一天早上，那个年轻人竟兴冲冲地来典当铺了，一见波纳尔就大声说："先生，我来赎回我的表！"他说着，掏出当票和34元钱，放到柜台上。

波纳尔想不到年轻人真会来赎这块破表，不过好在他想得周到，早已把表的银链子换成铝的了。他取出老太太的那只怀表，一边递给年轻人，一边问："怎么，看样子最近手气不错吧？"

年轻人没接他的话茬，接过表，用一块绒布轻轻地擦拭着，边擦边说："你这个老板不识货，我要拿它到金店去卖个好价钱。"

波纳尔一听,差点笑出声来,他心想:我要是连金和铜都分不清,还能开典当铺?他嘲笑年轻人说:"你不是在做梦吧?别以为黄颜色的都是金!"

年轻人很不服气:"先生,你可不能这样说话,你也太小看人了。说实话,我以前从来没有把它看成是金,可昨天晚上我无意中翻出我父亲二十多年前买这块表时的包装盒,上面清清楚楚地标明,这是一块金表,价值三千一百元哩!表盒子里还有一张金店的验单。"年轻人一边说,一边就掏出一只精致的表盒,给波纳尔看。

波纳尔心里暗暗吃惊,接过表盒正要细看,只听年轻人突然大叫起来:"啊,这不是我的金表!你竟敢把我的金表换了?我要上法院告你!"

波纳尔可不是等闲之辈,他岂肯轻易就范?头一昂,说:"你别来这一套!你说我换了你的表,证据呢?"

年轻人指着当票说:"你看,这上面写着'表蒙子上有一条细细的裂纹',这是你亲笔写的,对不对?可你看现在这块表的蒙子上哪有裂纹?就凭这点,我就可以告你偷换了我的金表。"

波纳尔顿时哑口无言,急出一身冷汗。为了保全典当铺的声誉,他只得打落门牙往肚里咽,最后付给年轻人二千二百元才算了结此事。

波纳尔这回可说是"老马失蹄"了,便宜没捡到,反被蛇咬了一口。更让他伤心的是,这件事很快就在镇上传得沸沸扬扬,典当铺最后根本开不下去了,只好关门。

不过后来人们也知道了,年轻人和老太太原来是一对专门行骗的母子。他们得手以后便远走高飞离开了卢瓦镇,不知下一个受骗上当的会是谁?

(孙学博)

(题图:箭　中)

美枝的丈夫出差去了,美枝一个人在家里闷得慌,于是就去逛街,正好碰上丸井百货公司在大甩卖,她就挤进去看热闹。

店堂里人头攒动,熙熙攘攘,美枝本不打算买什么,可是看着看着不由动了心,经不住半价折扣的诱惑,她先是买了件短外套,后来又买了双高跟鞋,这才高高兴兴地回家。

到家后,美枝从购物袋里把皮鞋和外套拿出来的时候,突然发现里面还有一个小小的包装盒。"咦,这是什么东西?"她取出包装盒,打开一看,里面竟是一只宝石戒指,大约有半克拉的样子,桃红色,玲珑剔透,闪闪发光,盒里还附了一份鉴定书。美枝不由惊喜万分:附鉴定书,说明这宝石戒指是正宗货哪!

可是,如此昂贵的东西,若是在珠宝店里,它的标价至少在

30万元以上,是怎么跑进我购物袋里来的呢?难道是因为店堂里人多,哪个太太买了之后,却放错了袋子?

美枝一边想着,一边就将宝石戒指从盒子里拿出来,往自己手指上套。嘿,说来也巧了,这戒指套在美枝手指上不松不紧,好像是专为她定做似的,美枝立刻觉得自己的一双手光彩夺目起来,就连整个人都似乎增添了无限的风采。这一来,她就舍不得再将戒指摘下来了。

美枝心里跳出一个念头:我不如索性戴它几天,对那种大大咧咧、丢三落四的阔太太来说,是该让她着急着急,接受点教训。这么一想,美枝于是就心安理得地将这枚红宝石戒指留下来戴了整整一个星期,好好风光了一回。

这天,美枝的丈夫出差回来了,美枝把戒指的事情给丈夫一说,丈夫沉思了好一会儿,最后还是摇头劝美枝:"依我看,你还是打个电话给百货公司,把戒指退回去吧!"

美枝急了:"我又不是偷人家的!人家能花几十万去买一枚戒指,这说明人家有的是钱。再说都一个星期过去了,也没一点动静,这说明人家不在乎这东西,那我们何必去多此一举呢?"

也许是美枝这回真撞上了好运,后来一个月都过去了,居然什么事情也没有发生。这一个月当中,她还戴着这枚红宝石戒指堂而皇之地到丸井百货公司去逛过两次,也不见任何动静,美枝终于彻底放了心。

这一天中午,美枝刚从街上回来,刚进屋,突然发现身后跟着一个小伙子。美枝一看不认识,便问:"你找谁?"

小伙子微微着说:"太太,您不认识我,可我认识您。初次见面,打扰了,我叫山本,是丸井百货公司珠宝店的。"他说着,指指美枝手上的红宝石戒指,说,"太太,怎么样?很喜欢这玩意儿吧?它确实是精品,戴在您手上真是光彩夺目。我今天来找您,就是给您送付款单的。"

美枝一听对方这话，不觉倒抽了一口冷气，愣了好一会儿才说："不，那不是我要买，而是你们偷偷塞进我购物袋里的。"

小伙子微微一笑，说："太太，您说得一点不错，不过那是我们珠宝店的一种销售形式，您如果不满意，可以按照保证书上的电话号码给我们打电话，在一周之内完全可以退货。但是现在都这么长时间了，您一直都没跟我们联系表示这个意思，我们只得上门来取款了。"说完，他递上了付款单。

美枝接过一看，只见付款单上写着"70万元"，她吓得差点晕过去："怎么70万元？你们这不是漫天要价、黑心宰人吗？"

小伙子依然微笑着说："太太，您这么说就不够朋友了。这戒指是不是精品您最清楚，您已经戴了一个月了，对不对？"

美枝都急得要哭出来了："可我实在拿不出这么多钱……"

"这好商量，"小伙子大度地说，"您先付30万，其余的欠着，慢慢还，这总够意思了吧？"

"可……可要是你们以后三天两头来催讨，让我丈夫知道，那还了得！"

美枝左一个"不行"，右一个"不行"，小伙子不耐烦了，收起笑脸说："那就请您给我们公司打钟点工，一天干它三个小时，三个月下来，就基本上可以把余下的40万还清。太太，除此，我可就帮不上您什么忙了！"

美枝一听，委屈得再也忍不住了，憋了许久的泪水顿时夺眶而出。她哽咽着说："不瞒你说，先生，我可从来没有工作过，到你们公司去又能干什么呢？"

小伙子朝她狡黠地笑笑，说："这不必担心，您干的活很简单，只要看准一个您知道她姓名和住址的家庭主妇，偷偷把同样装有宝石戒指的小盒放进她购物袋里去，就行了。"

（郭允海）

（题图：张恩卫）

体面的人生

　　海曼给斯特莱打电话,想请他给自己在公司里安排一份工作,但被斯特莱很冷淡地拒绝了。这时候,海曼身上所有的钱加起来,一共只有 167 美元 30 美分,他捏着这几张薄薄的纸币,重重地叹了口气。

　　这天,海曼漫无目的地在街上闲逛,突然脚下被什么东西绊了一下,低头一看,哇,竟然是个钱包!他的心"怦怦怦"地狂跳起来,四下一看没人,于是就赶紧把钱包捡起来。打开一看,里面有一沓面值"20"和"100"的钞票,数一数,总共是 1 万美元。再一翻找,钱包里既没有主人的名片,也没有任何信件或便条,看不到任何可以表示失主身份的线索。

　　怎么办?把钱包送到警察局去吗?海曼知道,每个警察局里都设有一个失物招领处。但眼下这个诱惑实在太大了,如果先把这1万美元收进自己腰包,他就能和人合伙去开一个小型修车厂,然后过一段时间,就可以连本带息地偿还这笔钱⋯⋯

经过激烈的思想斗争,海曼决定先不去警察局,他觉得自己应该尽可能地把这笔钱利用起来。

海曼兴致勃勃地去服装店买了一套西装,走出店门的时候,他特意在镜子前照了照,镜子里是一个满面春风、衣着体面的中年人。这身行头花去了138美元,海曼暂时没有去动用捡到的钱,他想揣着这笔钱走向新的生活,所以买西装他用的是自己原先那167美元30美分里的钱。这样,他自己的钱就只剩下不到30美元了,不过还可以用来吃一顿稍微像样的午饭。

去哪儿吃呢?海曼想起以前曾跟朋友们去过的托雷桑尼餐厅,对,就去那里。

推开玻璃门,让海曼大为吃惊的是,他一眼就看见斯特莱正在那里用餐。不过此时,海曼已经不用再求斯特莱帮忙了。他心里很得意,整了整衣服,迈着沉稳的步子,走过斯特莱桌旁时,故意彬彬有礼地跟他打了个招呼,然后挑了张不远的桌子坐下,点了一桌菜肴。

斯特莱惊奇地望着海曼,好奇心不断增强,最后终于忍不住站起来,走到海曼身边,说:"见到你真高兴!看来你混得不错呀?"

海曼矜持地朝他点点头,说:"你是不是也来喝一杯?"

"好呀!"斯特莱赶紧在海曼对面坐了下来。闲谈中,海曼给他吹嘘说,自己现在已经是一家跨国公司的销售主任了,而且生意做得特别顺手。

斯特莱吃不准海曼怎么一下子竟这么发达起来,他十分羡慕地问海曼:"那你接下去还有什么打算吗?"

海曼说:"我累了,所以回来休息一阵,顺便看看能有什么值得做的贸易项目。无论如何,能休息一阵总是高兴的事啊!"

见海曼这么踌躇满志的样子,斯特莱马上就巴结说:"你明白吗,亲爱的,我们公司正需要一个像你这样办事果断、有商业头脑的人,如果你能来,我将感到非常荣幸。"

海曼恨不得立刻接受斯特莱的邀请,可他故意做出一副冷淡的样子说:"这……哎呀,还得看我能不能抽出身来。这事儿以后再说吧!"

海曼越是这样,斯特莱就越是要巴结他……一个钟头以后,一张聘用合同就装进了海曼的衣兜。也就是说,从下个月起,海曼将到斯特莱的公司去上班,每星期他将能够拿到850美元的薪金。

海曼用他衣兜里剩下不到30美元的钱付了饭费,走出餐厅后,他立刻钻进一辆出租车,吩咐司机:"去警察局!"

到了警察局,海曼说明来意后,值班警察很惊讶,说:"请您稍等。"就赶紧去向上司汇报。要知道,在大街上拾到1万美元交到警察局来,这种事情可不是每天都能遇上的。

不一会儿,值班警察就陪着一个警官出来了。警官听海曼讲完拾钱的经过,诙谐地笑笑,说:"您没有花那些钱,算您走运。"

海曼似乎听不懂,问道:"为什么?"

警官笑着解释说:"这1万美元是从银行里提出来要去拯救被绑架孩子的,现在所有钞票的编号都已通过警方发往各地,不管您在哪里,这些钱只要一出手,您就会马上被逮捕。可是现在,谁也不会怀疑您了,海曼先生,您保住了自己的体面!"

(摩　砚　编译)

(题图:佐　夫)

诚 信 考 场

在人生体验中,面临种种考验时,不同的人会作出不同的选择,但无论怎样,到头来,你总得为自己的选择承担责任。

乔县令设考场

　　有个县令姓乔,他为官清正,生活简朴,言谈举止诙谐风趣。

　　这天,乔县令把师爷叫到书房,拿出一张库房登记单,说:"库房昨夜被盗,你去看看少了些什么。"

　　师爷出去查看了一会儿,回来向乔县令禀报:"其他东西都在,只是少了两个银元宝和三根金条。"

　　乔县令望了望师爷,问:"真是如此吗?"

　　师爷回答:"是。"

　　乔县令吩咐衙役:"把客人带进来。"

　　一会儿,衙役带进来一个小伙子。

　　乔县令指着小伙子对师爷说:"从现在起,你被辞了,由他接任。"

师爷大惊,打量了小伙子一眼,见他衣衫褴褛,还打着一双赤脚,不解地问:"他是谁?"

乔县令说:"他就是盗取库房东西的贼。"

"什么?"师爷一听,如同堕入云雾之中,"老爷,你为什么要辞退我,而让一个贼来当师爷呢?"

乔县令捻着长须,慢条斯理道:"奇怪吗? 你听我讲个故事。"

乔县令讲了这么一件事。

昨天黄昏,乔县令在回县府的路上遇上了一个小伙子,便上前搭讪起来,他问小伙子到哪里去。

小伙子憋红了脸,说他是个穷秀才,已经两天没吃东西了,想到有钱人家里去偷一点东西来填肚子。

乔县令感到很奇怪:世上做贼的人,谁会这么老实地告诉别人他要去做贼了呢? 于是就试探着说:"我也是个无家可归的穷汉,我带你到一个地方去,你偷了东西我们平分好吗?"

小伙子答应了。

这时,天色渐渐黑了,乔县令把小伙子带到县衙后院,故意支开看守,让小伙子去偷库房里的东西。

小伙子翻墙入院,过了很久才出来,他偷了两个银元宝,把其中的一个给了乔县令。

乔县令问:"库房里难道就这么一点东西?"

小伙子说:"不不不,库房里边大箱子、大柜子里都装着东西,但我只开了一个小盒子,盒子里面有两个银元宝,还有三根金条。我做贼实在是因为肚子饿极了,不得已而为之,所以就只拿了两个银元宝出来。我们之前不是说好的吗? 所以这两个银元宝,一个给你。"小伙子说完,就走了。

乔县令立刻进库房查验,结果发现,小伙子说得一点不差。

师爷听到这里,满头大汗,顿时吓傻了眼。

原来师爷为人狡猾而贪财,乔县令说库房被盗,要他前去查看,他心中大喜,便想趁此机会浑水摸鱼,把账记在盗贼名下。可谁知进库房一看,大失所望,大箱子、大柜子都贴着封条,没有开启,贼只打开了一只小盒子,里面两个银元宝没了,但三根金条还在。于是他就来了个顺手牵羊,把金条揣进了怀里,可万万没有想到,乔县令竟在这里设下了一个考场。

没等乔县令再开口,师爷就已经乖乖地从衣兜里把那三根金条掏出来放到了案桌上,灰溜溜地卷铺盖走人了。

乔县令望着师爷的背影沉思了一会儿,转头对小伙子说:"虽然你事出无奈,但偷盗总是不轨之举,下不为例啊!"

小伙子羞得低下了头,脸憋得通红……

（王松平）

（**题图**:安玉民）

牛　王

　　四川省成都市北郊有一个大镇子,名叫天回镇。自宋朝初年,天回镇逐渐形成了一个牛市,平时只是规模不大的一般交易,但每逢农历十八就是大市,十里八乡的牛贩子就像过节一样都拥到这里来,集市上牛山牛海,买牛的、卖牛的,摩肩接踵,人头济济,对着牛评头论足,讨价还价。

　　这天,又是一个农历十八,牛贩子李富从川南赶来一群牛。他是第一次来天回镇,看到如此热闹的景象,心里不由乐开了花:就凭我这牛的成色,在集市上绝对数一数二。果然,他的牛一亮相,买家立刻蜂拥而至。可奇怪的是,这些人光站着看,就是不出手买。眼看就要到中午歇市了,李富竟没有卖出一条牛。

　　李富觉得很奇怪,正在纳闷,耳边响起了一个嘶哑的嗓音:

"兄弟，你这牛虽好，但要价太高，生意难做成啊！"

李富扭头一看，是个貌不惊人、衣衫破旧的矮小老头，鼻子不由一掀：看你这模样，也配来对我指手画脚？

可是老头却一点没理会李富瞧不起他的眼神，他不紧不慢地把着烟杆抽着烟，说："这集市一散，可得歇一个月呐！人歇着没啥，牛歇着可就糟啰。要不咱们说说价？你这些牛我全买了。"老头说完，眯着眼睛看着李富。

真是"癞蛤蟆打呵欠，好大的口气"哇！李富斜了老头一眼："行哪，你看上哪条牛我饶你三成，你牵牛走人，我可不赊账。"

李富刚说完，就见老头把烟锅往地上磕了磕，然后顾自走进牛群，牵上一头牛，抛给李富一锭银子，头也不回就走了。李富接着银子看看，又朝老头那牵牛的背影瞧瞧，心里乐坏了：这糟老头，充什么能人？原来，老头牵走的恰恰是一条病牛。这一路上李富就担心它是累赘，没想到病牛现在反而卖了个好价钱。

下午牛市照开，依然人来人往，可奇怪的是再也没有一个人过来看李富的牛，更别说买了。怎么回事？原来李富这群牛，本来一条条全都瞪着圆圆的牛眼，精神抖擞的，可现在却突然耷拉起脑袋来，有的嘴角还冒着白沫，无精打采像是得了病的样子。

李富急得如热锅上的蚂蚁，心中不由犯了疑：上午还好好的，怎么隔了一个中午就全变了样？他抱着脑袋急得团团转，突然发现就在自己脚站的地方，地上有四个字像是才写不久。他不由一个字一个字地念出声来："十里白塔。"

"十里白塔"是什么意思？是谁写在这里的？难道是要告诉我什么？李富不由仔细回想起上午的情景，尤其是矮个老头的一举一动。他眼前豁然一亮：对呀！老头一走，自己的牛就突然成了这副样子，一定是那老头使了坏。

想到这里，李富心头一惊，忙向集市旁边客栈里的老板打听十里白塔和矮个老头的情况。客栈老板听李富如此这般一说，便告诉李富,那老头可不是一般人,牛市里没有谁不知道他的,他对牛只消一看、二摸、三闻,就能辨出好坏,定出价来,再浑的牛到了他手上也变得服服帖帖。他姓宗,人称"牛王宗"。至于十里白塔,就是指离这儿十里地外的白塔山,牛王宗就住那儿。

李富听了连声道谢,随后就急急忙忙赶着牛儿向十里白塔山走去。说来也真是奇怪,刚才还没精打采的牛儿,越往白塔山走精神就越好,走出八里地时,那病怏怏的模样没了,当走到白塔山下时,所有的牛都恢复了精神,昂着头"哞哞哞"地直叫唤。李富惊讶极了:这老头变戏法似的到底用了什么法术?

李富远远看见前面半山腰一片空地上,有个人正蹲在那儿,正像是牛王宗,身边好像还有一条牛。李富正要把牛群往那儿赶,谁知此时那些牛儿们全都躁动起来,根本不用李富吆喝,都不约而同地撒开蹄子往那儿奔,李富于是也跟着跑了过去。

走近了一看,只见牛王宗正在给他从李富手里买走的那条病牛洗澡。就在此刻,李富突然发现自己的牛全都安静下来,已经在山腰上四散开去,悠闲地吃着地上的青草,而最神奇的是,它们的头都不约而同地朝向牛王宗。

这一来,李富真是对牛王宗佩服得五体投地啊!他一步上前,把牛王宗买牛时给的那锭银子从口袋里掏出来,双手递上,惭愧地说:"牛……牛王宗,对不起,我不该瞧……瞧不起您老,这银子我还……还给您。"

可是牛王宗既不伸手来接他的银子,也不和他说话,只顾自己低着头,轻轻抚摸着那条病牛的牛背。

李富见牛王宗不搭理自己,又恭恭敬敬地说:"我真是'有眼不识泰山'!没想到我的牛到了您老这里,病就全好了。多谢您老妙手回春!您老要是看得起,就请随便挑一条牛留下吧,作为我对您老的谢意……"

牛王宗一听李富这话,这才抬起头来,微微一笑打断道:"我可没治过你的牛。"

李富朝他两手一拱,说:"您老别谦虚了,我的牛来这之前差不多都病了,确实是到了您这儿才突然好的呀!"

牛王宗朝李富摆摆手,指指身旁的那条病牛,说:"实话告诉你吧,会治病的是它!"

李富满脸疑惑地看着牛王宗,吃不准他这话是什么意思。

牛王宗说:"你是'身在福中不知福'呀!其实你这条牛非同寻常,今天上午在集市上,我一眼就看出它的牛王地位来,你那些牛都离不开它,一旦离开,全都会死。我本想买下你所有的牛,重新调教喂养,让其他牛能摆脱牛王独立生活。可你出言不逊,我只好单把牛王买走……我已经近十年没看到过牛王了。"

牛王宗这番话让李富听得张口结舌,他一脸惶恐地问:"就这条病牛,它竟是牛王?"

牛王宗见李富不信,反问他道:"那你认为牛王该长什么模样?我告诉你,是不是牛王不能看它长相。凡牛王,它的体内都有牛黄,牛黄能产生一种味道,你的牛群现在已经离不开这种味道了。"

李富听牛王宗这般解释,恍然大悟道:"难怪牛王一走,剩下的牛就都病快快的了。"

顿了顿,牛王宗意味深长地瞥了李富一眼,说:"不过,关于牛的学问再怎么深,总是做生意的学问更深!生意人最要紧的,是要讲诚信,不要以貌取人,恶语伤人。"

李富惭愧极了,"扑通"一声跪倒在牛王宗面前,恳求道:"您老……求您老今后就收我做徒弟吧,我一定好好跟您老学!"

牛王宗看着李富沉思了好一会儿,最后拿烟杆在地上叩了两下,算是答应了。从此,天回镇牛市上又添了一个传奇故事……

(冯建华)

(题图:黄全昌)

捉 漏

　　清朝后期,崇德一带的民宅,不管砖墙还是板壁,屋顶全是用青瓦铺的,那青瓦不但小,而且薄,极易碎,所以到下雨天就常常漏雨,当地因此产生了一种行业,叫"捉漏"。

　　崇德方圆三十里有一位捉漏高手,此人姓张名有祥,大家都叫他张师傅。张师傅捉漏有两手绝活:一是下雨天,他只要背着手围着瓦房转一圈,就能知道屋顶哪一处漏雨;二是他上房捉漏时,一不用撤旧瓦,二不用上新瓦,三下两下一弄,就能立刻把漏止住。凭着这两手绝活,张师傅名声鹊起。

　　活儿多得忙不过来时,有人劝张师傅收个徒儿,可张师傅总是笑笑,说:"徒儿出山,师傅讨饭。"所以他六十出头了,还真没带过一个徒儿。

这天，张师傅去镇上喝早茶，过桥时不小心跌进了河里，眼看就要沉下去了，正巧一个年轻后生路过，立刻跳进河里将他救起，还把他背回了家。

这个后生名叫毛三，是邻村人。张师傅为了答谢毛三的救命之恩，就让他随便提一个要求，说只要是自己能办到的，一定答应。毛三一听就跪倒在地，提出要拜张师傅为师，学习捉漏的本事。

这下张师傅可为了难，可是话已出口，不好收回，最后一咬牙，收下了毛三这个徒弟。

一转眼，毛三跟着张师傅学艺已经两年多了，可他觉得非常失望，因为这两年里他只学到一些捉漏的最基本手艺，至于那两手绝活儿，张师傅只字不提。

转眼到了来年春季，一连数十天阴雨连绵，不少人家的屋顶都漏起雨来，可就在这节骨眼上，张师傅姐姐突然病故了，张师傅连夜雇船去百里外姐姐家奔丧，因走得急，没顾上向毛三交代什么。

偏巧第二天，就有个大户人家的佣人来请张师傅去他主人家捉漏，见张师傅不在，那佣人硬要拉毛三去，毛三推辞不掉，只好硬着头皮去了。

来到那家宅子前，毛三学着张师傅的样子，房前屋后仔细观看。那天雨下得正大，他发现所有瓦沟边沿的雨水都流成了线，唯有一处瓦淘边沿的雨水是断断续续地在往下滴。毛三猜想这也许就是因为雨水从破瓦处漏了的缘故，于是就架梯上房，顺着那瓦淘找去，果然发现了一张漏雨的底瓦，底瓦上有一个黄豆大小的洞，洞内有一粒已经霉烂了的黄豆。

这么快就找到了原因，毛三心里很开心，他没有张师傅那手"既不撤旧瓦又不上新瓦"的本事，于是就干脆将漏瓦换成了新瓦。雨立刻就不漏了，主人对毛三感激不尽。

几天后,张师傅奔丧回来了,毛三喜不自胜地将自己去大户人家捉漏的经过告诉他。谁知张师傅听后却愣了半晌,长叹一声说:"傻徒儿,漏雨是被你捉了,可你也把自己的饭碗给打碎了。"

毛三一听愣住了:"师傅,此话怎讲?"

张师傅苦笑一声,说:"你想,你将那张漏雨的底瓦换成了新瓦,下次他家还有漏请你去捉吗?"

毛三迷惑地问:"那……师傅以前是怎样捉漏的呢?"

张师傅诡谲地一笑,说:"机关既然已经被你识破,告诉你也无妨。我以前捉漏,衣兜里准备好一把浸胖的绿豆和黄豆,若是底瓦上有个小洞,就塞进一粒胖绿豆,若是遇上大一点的洞,就塞进一粒胖黄豆。胖豆子塞进洞,正好把漏洞堵严,当时就不会再漏雨,可等到天放晴,那胖豆子被太阳晒干了,到再下雨时,就又会漏起雨来,宅主不又得来请我去捉漏?如此往复,我们不就有饭吃了?不过,第二次去捉漏时,要将那张漏瓦换一个地方放,不然老是一个地方漏雨,宅主就会觉得我没本事。"

毛三听了,惊讶得张着的嘴巴半天没合拢……

(俞泉江　搜集整理)

(**题图:俞耀庭**)

一百元的命运

　　玉祥老汉快要闷出病来了。一百元钱呢,可不是小数哇!

　　两天前,老汉将两头大肥猪拖到一家私人老板开的屠宰场去卖,价钱卖得还称心,可到手的几张百元大钞中,有一张缺了一只角,足有酒瓶盖那么大一块呢,当时光顾高兴没发现,回到家蘸着唾沫一数钱,才像让炮仗崩了眼似的叫起来。

　　咋办呢? 回去换!

　　可是老汉急哧哧地赶到屠宰场,老板却朝他眼珠子翻上翻下地说:"哪儿来的回哪儿去,找俺干吗?"

　　老汉说:"就是打你这儿拿的钱,不找你找谁?"

　　老板说:"俺这块啥时出过这票子? 没有的事! 去去去,我正忙着呢。"

老汉贴着门框不走："你不给换,俺就这儿吃、这儿住啦!"

老板一看老汉这样子,回头吆喝一声,立马就过来两个膀大腰圆的大汉。老板对他们说:"这老家伙要在这儿吃、这儿住了,你们给他割个猪头来,叫他吃个够。"

俩汉子一听,转身就去拎了个猪头过来,血气冲冲的,他们手里的刀也一闪一闪的,满是寒光。老汉一看,腿肚子绷筋了,太阳穴也"嘭嘭嘭"地乱跳,这不明摆着是警告自己这里吃不得也住不得呀!他只好噙着泪花回村。

儿子新新在外地读书,老汉的老婆是个病秧子,终年躺在床上,老汉在家里非但没有帮手,连个能商量的人也没有。可也不能就这么白白地损失啊,一百元钱能办多少事!老汉想想大夫早就让自己老婆拍个片子好对症下药,可拍片要好几十块钱,人命关天的事如今还拖着呢;儿子在外面读大学,衣裳还是三年前带走的那几件,甭说在大城市了,就是回到乡下也瞅着寒酸,这回卖了猪就想着给儿子换一身呢;老爹那儿也该添床厚实点的棉被了,老人不经冻……老汉越想越觉得一百元钱能办大大小小一堆事呢,于是就揣上缺角的破票子,拎了一只放酱油的塑料桶,蹬车出了村。他决定去镇上,想法把这张缺角票子花出去。

近年来,镇上的小杂货店冒出一家又一家,这些老板不少都是外地来的,老汉看着很面生,不由心想:这倒好,就是事后发觉了,他们也找不到自己。老汉心里盘算着,就在一家杂货店门口停了下来。

老板娘一看有客,热情地招呼他:"大爷,想买什么? 进来看看吧!"

老汉应声走进铺子,四下一打量,递上塑料桶,说是要蘸五斤酱油。可是当老板娘给他蘸酱油的时候,他忽然觉得这女人挺眼熟。在哪儿见过? 他脑子里拼命地想:自己来这儿买过盐? 不。买过烟? 不对。买过花椒粒? 也不对。买过……好像是来买过一块白毛巾？老汉记不清自己来买过什么东西了,就觉得这张脸好像有点熟。不行,镇上这巴掌大的地块儿,低头不见抬头见,丑事可不能落在这儿。

想到这里,老汉口袋里的手指头就移了位。他摸出另外仅有的一张五元整票,递给老板娘说:"找零吧!"

走出杂货店,老汉突然"做贼心虚"地觉得自己前前后后都是眼,他觉得这张破票子在小镇上脱手不好办,决定往远处颠去县城。县城距此四十里,老汉蹭车疾驰,两小时不到就到了。

在一家鞋店,老汉相中一双雪地鞋,假装着从容不迫,他将破票子递了过去。

摊主一看,问他:"没零的?"

老汉摇摇头:"没。"

摊主说:"那换一张。"

老汉故作惊讶:"咋啦?"

摊主瞥了他一眼,说:"缺角。"

老汉说:"缺角就不能用啦?"

摊主坚持:"换一张。"

老汉浑身上下摸了一遍口袋,说:"就这钱,没了。"

摊主顿时脸一沉:"那就甭买啦!"

老汉立刻傻了眼,只得收回破票。他留恋地瞅瞅那双到不了手的雪地鞋,更烦心那花不出去的破票子。"唉——"他重重地叹了口气,心里直懊恼:谁像自个这么傻的,轻而易举就上了那个猪屠夫的当。

这时候,老汉的肚子已经很瘪很瘪了,得填些吃的了。捏着买酱油找剩的一元钱,他在地摊上买了一碗老豆腐,外加两只小火烧。肚子里有了热量,精神就有了些支撑,老汉心里于是又盘算起来:总不能就这么收场吧? 这事既然太阳底下办不了,昏星暗影里兴许能办成,等天黑下来,再想办法蒙混蒙混。老汉找了个向阳的旮旯蜷下来，"吧嗒吧嗒"吸了阵烟炮，决定先歇歇脚再说。

等到日头悄无声息地落下去了，老汉推起自行车就朝街上走。可是他突然发现，自行车的前车轱辘不知什么时候瘪了，赶紧拔出气嘴查看，发现气门芯没问题，估计是车胎瘪了。老汉的这辆"老坦克"车胎已是补了又补，早该换了，于是他心里一动：不如今天就用这张破票换它一换！

老汉将车推到街口，正好那里有个修车摊，与摊主谈好价之后，摊主就忙活起来。这时候，老汉的手也没停下，趁摊主不注意，他把口袋里的那张缺角破票卷成卷，把缺角掩在里层，等摊主忙完了，便将它递了出去。

谁知这摊主可仔细了，接过之后特地将它凑到路灯下检验，老汉的马脚自然就露了出来。

摊主说："换一张。"

老汉这回是真没钱换了，把衣兜都翻了出来，他央求摊主说："打个折，行不行？"

摊主态度可斩钉截铁了："没这理！"

老汉朝他两手一摊："那我也没法了。"

摊主只好自认晦气，但他是个犟脾气，非把刚换上去的车带给重新换下来。就这么折腾了好一阵，老汉最终还是沮丧地推着破车离开了修车摊。

就在这走投无路的时候，老汉忽听有人在道旁叫他，转头一看，认出来了，是儿子原来的中学老师，姓丰，现在成了道旁这家饭馆的老板。

丰老师招呼说："这不是新新他爸吗？进城来了？这么晚还溜达？"

老汉苦笑着，不知说什么好。

丰老师热情地说："吃了么？进来喝两口吧！"

　　老汉此时肚子里正"鼓声大作"呢,于是就身不由己地跨进了暖融融的饭馆。

　　丰老师问:"来一份酱牛肉、一份炖排骨,中不?"

　　老汉连连点头:"中,中。"

　　丰老师又问:"再来三两高粱烧,够不够?"

　　老汉又连着点头:"够,够。"

　　丰老师呵呵一笑,顿了顿,关切地问:"新新现在上大学了,读书还好吧?"

　　老汉刚说了个"好"字,菜端来了,老汉早饿坏了,他的嘴立刻就被酱牛肉给占上了。

　　酒足饭饱,老汉掏出卷成卷的破票,递给服务小姐。

　　小姐把破票展开一看,说:"换一张。"

　　老汉自然摇头:"没别的了。"

　　老汉是老板的熟人,小姐就去找老板处理。

　　丰老师抖着票子对老汉说:"换一张吧?"

　　老汉晃着脑袋央求说:"没,真没!我酒也喝了,肉也吃了,你行行好,帮一把,打个折,就收了吧?"

　　丰老师露出很为难的样子,踌躇着说:"唉,谁让你是新新他爸呢!好,我就收了,按六十吧!"

　　老汉打算哪怕五十、四十,只要能换就行,现在一听丰老师说给他换六十,心里就甭说有多高兴啦,连声道谢。就这样,扣去吃喝,丰老师给老汉找了三十八块。老汉手里捏着钱,心里庆幸自己撞着好人了,百元大钞最终死里逃生,他心里美啊!

　　出了饭馆,老汉就去那个修车摊,将车带换过,然后喜滋滋地奔上了回家的路。好像是怕丰老师反悔了要追上来似的,他脚下猛踩车轮,耳边呼呼生风。

　　不过,老汉毕竟是诚信质朴的老实人,回到家里细细一想,心里根本高兴不起来,总觉得自己亏欠了人家,让丰老师受大损失啦。他心中煎熬着,甚至还盼着丰老师上门来骂自己一通才好。

可人家丰老师始终没找上门来过,老汉思前想后,决定请丰老师喝一顿酒,弥补弥补。他把这意思去和丰老师一说,人家丰老师倒也不客气,如约而至,把脑袋喝了个天旋地转,把蘑菇炖小鸡、蒜瓣炒肉片吃了个片甲不留,然后身飘飘地走了。

那天晚上,正好儿子从学校放假回来,一听说爹请丰老师吃饭,责怪道:"爹,你请他干吗? 当初他当老师时光耍片溜,误人子弟。"

老汉朝他一瞪眼:"你知道个蛋? 丰老师这人挺不错的!"

可谁知老汉把前面的事情一说,儿子就更责怪了,说:"爹呀,你真糊涂!"

老汉不服气:"你这是啥意思,爹怎么糊涂了?"

儿子说:"钞票缺个角,拿到银行一换不就得了?"

老汉不信:"咋换?"

儿子说:"百元换百元呗。"

老汉更加不解:"有这事?"

儿子说:"你试试呀,去了就能换,政府有规定的嘛!"

儿子从来不讲虚话,老汉哪能不信? 想到白白被打六折割剩下的那四十块钱,还有自己忙里忙外张罗出来的一桌酒菜,他心中一阵痛……

(邢 卓)

(**题图**:黄全昌)

花样翻旧

　　老余的洗车手艺在县城同行业里可谓首屈一指,不仅动作麻利,活也干得相当漂亮,司机们有句口头禅,说是"小姨子的屁股情人的手,老余洗车贼滑溜"。

　　这天早上,下了好几天的雨终于停了,老余刚把店门打开,就来了桩生意,一个小伙子推着一辆进口越野摩托,找到他的门上。

　　小伙子摘下头盔说:"嗨,老板,能不能给我这车整个'花脸'?"

　　老余一听犯了晕:从来都是将花脸车洗成白脸车,哪有颠倒过来的事儿,敢情今儿开门就遇上个神经病?

　　看着老余疑惑的眼神,小伙子笑着解释说:"是这么回事儿,我们拍警匪片,今天有段刑警进山抓毒贩的戏,你说这车上要是不溅点黄泥浆什么的,是不是也太假了点儿?"

小伙子怕老余拒绝,又说:"都说您老师傅的手艺好,这活儿还非得您来干不可。您啥样的花脸车没见过?"

老余觉得小伙子的话也在理,于是去花坛里挖了些土,用水管一冲,和了一大盆黏糊糊的泥浆,随后就朝小伙子的进口越野摩托车上甩起来。他边甩心里边笑:嘿!洗了几十年的车,今天这事儿还真是"大姑娘上轿头一回"!

老余刚甩了几刷子,只见又一辆墨绿色的丰田小轿车开过来,老余连忙放下手里的刷子,过去招呼道:"老板,洗车啊?"

谁知车里的司机探出头来,对老余说:"把我这车也像他那样搞,整个花脸出来。"

老余简直不敢相信自己的耳朵:今儿早上这是咋了,没人洗车,都净喜欢整花脸?

那司机见老余愣着,又喊:"喂!师傅,快点,我急着呢!"

老余回过神来,想着上门的生意也没有不做的道理,兴许他也是要拍什么戏吧?于是便把活接了下来。老余不愧是老江湖,不但洗车干得漂亮,整花脸这活也做得地道,刷子几甩,抹布几抹,仿佛画家在搞泼墨大写意,立马把那辆进口越野摩托和这辆丰田轿车整得跟真的似的。

摩托和"丰田"开走以后,老余捏着小伙子和司机留下的洗车钱,越想越乐:整花脸这生意还真不赖啊,既挣钱干得又省力,一天要来上它个十次、八次才好哩!

说也怪,老余今天的洗车生意还真是出奇的好哩,虽然再没有整花脸车的,但找上门来让他洗车的,却接二连三没停过,一直忙到下午三点多钟,老余才想起自己今天把住院的老伴给忘了,于是赶紧关了店门往医院奔。

来到医院门口,老余忽然看见早上找自己整花脸摩托的那个小伙子,正搀了一个老头往住院部走。上台阶的时候,老余就走在他们后面,他听见老头在问小伙子:"你那事到底办了没有?咋这么快?"小伙子回答:"爸,您甭整天操心,放心住院吧,事情我都替你办好了。我那摩托是进口的,您瞧,跑得太快,溅得车身到处都是泥浆。"

嘿呀,老余明白了:原来小伙子整花脸车哪是拍什么电影,敢情是糊弄老爷子什么事情来着。他觉得真是好笑,一边摇头叹息着,一边就径直去了老伴的病房。

病房里,老余陪老伴聊了会儿天,又给她削苹果,正忙碌着,一瞥眼,发现走廊里,护士领着小伙子父子俩正走进对面的病房。巧的是,那小伙子进病房时不经意地朝这边瞅一眼,正好和老余来了个眼对眼,小伙子惊讶极了。

看来小伙子是送他老爷子来住院的,趁着小伙子去办手续的当儿,老余跑过去和老头搭上了话:"老哥,您是大老远来的吧?家住哪儿呢?刚才我在医院门口就看见你们了,看您儿子那车,咋溅了那么多泥浆?回头上我的洗车店去洗洗,我就是专门洗车的。"

老头看老余挺热心,就告诉他说:"我家倒是住得离这儿不远,不过昨天儿子替我去了趟乡下,那地方全是泥巴地,大暴雨天的,他那车自然不成样儿啦!"

老余好奇地追着问:"您老啥事那么着急?等路面干了再去也行嘛!"

老头不由叹了口气:"等路面干了再去,就来不及啦!"

原来,这老头是远郊桐羊岭山区小学的校长,干了一辈子教育,最近胃疼得厉害,不得已才回到城里。可走之前他忘了将学校一个教室的钥匙留下了,那教室里堆放着全校师生平时勤工俭学陆续采挖来的中药材。学校的校舍已经多年没有维修了,几天来大暴雨一直没停过,老头担心教室漏雨进水,所以才急着让儿子去送钥匙。

老头说:"山里娃娃上学不容易,这些药材卖好了,他们下个学期的学费就都有啦!"

老余一听,不禁眉头皱了起来,心里直骂他儿子:"真是个混账东西! 不想去就不去嘛,还整个花脸车糊弄老人。"

这时,小伙子办完手续回来了,老余看见他就不觉来气,懒得和他打招呼,起身就回了老伴病房。待老伴吃完晚饭,老余去把碗筷洗刷了,回来走到病房门口的时候,突然听到老头在大骂他儿子:"你这混小子,去不了就不去,给我说一声就成,干吗哄我说去过了?"

老余心里一惊:才一会儿工夫,老头怎么发现儿子玩把戏了? 朝他们病房里一瞥眼,再侧耳一听,他恍然大悟:原来老头是从电视里知道的。这当儿,电视里正在播新闻,说市区通往桐羊岭山区的唯一一座大桥,桥面被大暴雨冲塌了一大块,交通已经中断两天了,抢险的民工正一身泥、一身水地在现场苦干着。既然交通中断两天了,小伙子怎么可能再把摩托车开到那里去? 他玩的把戏"不攻自破"。

看着老头痛心疾首的样子,老余心里也不好受。他回到老伴病房里,把电视机打开,这时候,新闻画面已经转到关于县委领导班子怎么带领群众抗灾的报道,只见县委书记穿了一件雨衣,站在一辆满是泥浆的丰田车前,画外音道:"王书记高度重视此次抗洪救灾工作,亲临现场指挥,带领大家日夜奋战,争取把灾情降到最低点……"

不知怎么,老余忽然就想起了早上自己同样整过的那辆花脸丰田。他盯着电视一眼不眨地看,终于发现了一个秘密:王书记根本就没去抗洪现场,电视上的镜头肯定是拼接起来的。因为,他整过的车他自己最清楚,就像看自己精心打扮的孩子一样。

(马　强)

(题图:张　恢)

老板，咱没托人

大李是个老实头，四十好几的人了，才混了个公司小职员，和他同等学历、同时间参加工作的人，好多都当上处长、局长了。所以大李想想就叹气：唉！这年头，老实人吃不开呀！

大李公司的老板姓王，王老板有个女儿叫小丽，一心想当电影导演，可是考了三年电影学院也没能如愿以偿，这成了王老板的一块心病。所以王老板见人就问："你电影学院有路子吗？"全公司的人谁不想巴结王老板呀？可谁也没有电影学院的路子，只有干着急的份。

王老板的夫人挤兑王老板说："你这个破老板，窝囊废一个！"

王老板一听这话，气得直翻白眼，对夫人和女儿发誓说："我偏不信，这电影学院咱们就进不去！"

一天，大李的老同学张平请大李喝酒。酒过三巡，大李提及此事，张平一脸的不屑，说："这点小事你咋不早说？电影学院的张副院长你知道吗？那是我的一爷之孙，要他帮忙还不是手到擒来的事？"

大李听了一阵惊喜，可随后一想，摇着头说："侃大山你特在行，可我这说的是正经事，你别和我神侃，到时候不好收场。"

张平举起酒杯，和他的杯子一碰，一饮而尽，说："这事我要办不成，以后你就别认我这个老同学。"

大李听他说得这么铁，便认真地说："既然如此，那你说吧，得花多少钱？"

张平笑了笑，说："算你明理。咱们是老同学，为了你的前程，我可以不挣这个钱，可人家张副院长那里至少得给二万吧？"

二万元，这么多？大李心里不免有些疑惑。

张平看出了他的心思，说："你懂不懂行情？现在就是上个重点小学，也得花个三五万的，电影学院是高等学府，没我这层关系，别说两万，你就是花上十万也办不成事。不信你试试！说实话，我还真懒得管呢！"

大李被张平这么一说，有点不好意思，一咬牙说："二万就二万，豁出去了。"

喝完酒，大李从银行取出二万元钱交给张平，特意嘱咐他说："这事可得办牢，千万不能出错呀！"

张平接过钱，数也没数就揣入怀里，神秘地一笑，说："放心吧，我这就去抓紧办了。"

两个人于是就分了手。

第二天，大李一上班就把这事儿对王老板汇报了，只是没好意思提那二万元。王老板听了十分高兴，说："太好了，咱们终于和电影学院的领导搭上了关系，这事你尽管放手去干，花多少钱都成。要不这样,你先拿点钱去?"

一提到钱,大李就激动,才破费二万元就让王老板这么高兴,事成之后自己还不前途无量? 他忙说:"老板,看你说的,为你办事是应该的,我的老同学和我是铁哥儿们,一分钱也不要的。"

一晃十天过去了。这天,张平兴高采烈地又要请大李喝酒。大李说:"现在是你帮我办事,这顿饭我请了。"

谁知张平甩给他二万元钱,随后又加了五千元,说:"这顿饭是该你请,才十天工夫,我就用你给的二万挣了六万多,除去以前输掉的五万,多挣了一万,咱哥俩二一添作五,这一万咱一人分五千。咋样,我够朋友吧?"

大李听糊涂了,忙问:"怎么回事,二万元钱你没给那个张副院长?"

张平居然哈哈大笑,说:"我那是骗你呢! 我哪里会认识什么电影学院的人? 那天我和人家赌钱,把压箱底的五万元全输光了。我请你喝酒,就是想冲你借钱去翻本,正赶上你这事儿,我就顺坡下驴。哈哈哈!"

"你怎么可以这样?"看着张平得意的神情,大李把酒杯狠狠地朝地上一摔,气急败坏地说,"你这个样子,让我怎么向王老板交代? 你知道吗,你要害死我了!"

张平不觉一愣:"有这么严重? 你不会对你们老板说张副院长出国了,或者说他被撤职了?"

"放你妈的狗臭屁!"大李急了,蹦着高儿骂起娘来,甚至骂到了张平的祖宗八代。可骂来骂去,他没把张平骂死,却把自己骂到了医院——他的心脏病犯了。

王老板特地到医院来看大李,给他带来了好多水果和滋补品,感动得大李不知说什么好。他本想告诉王老板事情的真相,可话到嘴边又生生地咽了回去,他怕王老板把自己骂个狗血喷头，自己得的是心脏病，再也经不起刺激了。大李想：还是等出了院再说吧，到时候是杀是剐，只好听天由命了。

可谁想王老板临走时，却悄悄对大李说："你的关系真硬呀，小丽昨天已经通过一试了，等以后二试、三试全通过了，我让她自己好好来谢谢你！"

大李一听王老板这话，心里真是庆幸啊，他没想到自己这回是"额角头碰到了天花板"，嘴里喃喃道："哪里哪里，不用不用。"心里却石头落了地。

十天以后，这天王老板一家都来看大李了。小丽一进病房就高兴地告诉大李说，她通过了专业三轮考试，等参加完高考，就能上电影学院了。她对大李"叔叔"长、"叔叔"短地叫得可亲了，叫得大李内心矛盾重重：唉！受之有愧呀，这是办的什么窝囊事？

大李真想据实相告，这时候，王老板的夫人把一个大红包塞到他手里，说："谢谢你了，这是我们一点心意。"

大李哪里敢拿，想说实情不敢说，要推又推不掉，他吞吞吐吐道："夫人，其实小丽……小丽自己……我……我也没……没怎么……怎能拿这钱呢？"

王老板以为大李这是客气，不好意思拿，就说："你看你，这叫什么话？明明是帮了嘛，还客气什么？你要拿我当朋友，就把钱收下！"

王老板把话说到这种地步，大李的心里更加不是滋味，但既然事情已经成了，让这个误会继续下去，对自己不是很好吗？他灵机一动，就对王老板说："王老板，孩子上大学正是用钱的时候，这钱还是给她留着交学费吧！"

说着，大李硬把红包给小丽："借花献佛，这钱就权当我送你的贺礼了。祝你学业有成，早日当上大导演！"

小丽怎肯依从，眼睛看着父亲，让他发话。

王老板沉吟着，想了想，对小丽说："也好，既然叔叔一定要给你，你就收着吧！"

他拍拍大李，说，"你的心思我明白，你放心养病吧，我不会亏待你的。"

果然，大李出院上班没多久，就被提拔为公司部门经理了。全公司的人谁都明白是怎么回事，却没人敢言语。大李虽然觉得自己受之有愧，但这时的他更不敢把实情告诉王老板了。

再说小丽有个好朋友叫小芳，这几年她们两个人都是一起考的电影学院，托人的事小丽没瞒她。可如今小丽如愿以偿了，小芳却还是没能考上，小芳心里很不平衡，一气之下就给学院领导写了一封匿名信举报。领导收到信，当即就派一名副院长带着律师，来找王老板了解情况。

王老板根本没有思想准备，本想让秘书拖住来人，自己先去与大李统一一下口径，可谁知这时大李偏偏上门来汇报工作，王老板赶紧给大李使眼色，让他出去说。

走到门外，王老板赶紧悄悄告诉大李："屋里两位是电影学院的人，来调查小丽托人上学的事，我看麻烦了……"

谁知王老板话还没说完哩，大李却返身一头冲进屋里，对那两位来人说："小丽托人的事和老板没关系，全是我一个人编的假话，你们要处理就处理我吧！"

这还了得，王老板顿时吓出了一身冷汗，忙制止大李说："你可不能乱讲，咱们可没托什么人，咱哪认识电影学院的人呀？"

大李一拍后脑勺："哎呀老板，原来你全知道呀？那我更不怕了，就实话实说了吧！"

王老板一听，眼珠子立刻瞪得比牛眼还大："大李，小丽上学的事不是儿戏，你怎么……"

大李哪里容王老板说话，竹筒倒豆子似的将事情的来龙去脉详详细细地全说了出来，最后说："你们若是不信，我现在就可以打电话把我那个朋友张平叫来,当面对质。"

来的那个电影学院副院长笑了,对大李说:"我们信你的!我想,我们学院的张副院长也不会那么傻,为了二万元钱就自毁前程。"

他说完就和律师走了,临走时让王老板转告小丽:"当上导演后可要努力呀,别让人家说我们选人不当。"

电影学院的人一走,大李吓得大气不敢出,他猜想自己这回肯定死定了,闭上眼睛,就等王老板发雷霆之怒了。

果然,就听王老板"啪"地一拍桌子,大声道:"你这家伙!"

大李吓得大汗淋漓,只好听凭发落。

只听王老板说:"行,你这家伙行!我本以为你老实巴交一个人,没想到你编谎话也在行呀!我真是小瞧你了,让你当部门经理真是大材小用了。也好,公司的行政总监下个月退休了,你就顶上他的职位吧!"

(张开山)

(**题图:**魏忠善)

兵行险着

　　方凌是一名刚刚毕业的外地大学生，听说本市最大的民营企业东海集团要招聘一名总经理助理，不禁跃跃欲试。起初，他只是抱着试试看的心情，因为报名应聘这个岗位的有好几百人，但经过三轮笔试和集团人力资源部的初试后，他没想到自己能和另两名竞聘者在几百人的应试者中脱颖而出，进入最后一轮面试，不禁激动万分。

　　面试由集团董事长陈东海亲自主持，时间就定在星期天上午九点。

　　方凌决心要好好在董事长面前表现表现自己，所以一连几天下了班就回出租屋看书翻资料，认真做准备。他本来对面试信心满满的，可待打听到另外两位竞聘者的情况之后，一下子就泄了气。原来那两位,一位来自大型国企,有丰富的管理经验,一位则是刚刚从名牌大学毕业的 MBA,方凌觉得和他们相比,自己的学历、资历明显处于劣势,不禁发起愁来。

眼看第二天就要面试了,方凌又紧张又担心,躺在床上辗转反侧了大半夜,好不容易才合上眼睛。可这一睡就睡过了头,等第二天早上醒来,已经是八点四十分了。不好,要迟到了!方凌从床上跳起来,慌忙去洗脸刷牙,谁知脚下一滑,整个身体重重地摔了下去,幸好手一撑,才没有伤着骨头,不过手掌却撑红了一大片。

这下方凌更加慌了神,吃早饭是肯定来不及了,但要不要开煤气炉烧点热水来烫手活活血呢?否则到时候董事长问起这手是怎么回事,自己总不能照直说是因为摔跤摔的吧?那肯定会给董事长留下一个毛里毛躁的印象。

望着放在屋角的煤气炉,方凌正犹豫着,突然他脑子一亮,心里有了主意。

是这个煤气炉,让他想起曾经在报上看到过的一则新闻报道:一位煤气站的工人在站里发生煤气泄漏事故时勇敢抢险,但后来领导要表彰他时他却没有接受,反而主动承认是由于他操作失误才导致了事故的发生。领导为严肃纪律开除了他,但他却由此开始了自己的创业之路。这个工人就是如今东海集团的董事长,也就是今天要面试他方凌的考官。方凌心想:反正今天面试自己处于劣势,不如干脆兵行险着来个出奇制胜,说不定还可以"力挽狂澜"呢!想好了主意,他也不慌张了,洗过脸后还煮了碗面条下肚,随后叫了辆出租车,只乘坐了一半的路,剩下的另一半路他自己跑着去,等冲进面试现场,他正跑得汗水淋淋,一看表,整整迟到了半个小时。

面对考官陈东海诧异的目光,方凌擦擦额头上的汗水,说:"对不起,董事长,我迟到了。早上出了点意外,其实是煤气罐开关坏了，我还以为是煤气罐用完了，就直接旋开输气管接头，准备换罐煤气，不料里面其实还有大半罐气，一下子喷出来，幸亏当时屋里没有火星，否则后果不堪设想。"

主持面试的陈东海一听方凌说煤气罐出事，立刻关切地说："以后万一再有类似情况发生，这个时候你千万不能去碰屋里的电器开关，它会跳火花，要闯大祸。我以前在煤气站工作，碰到过这种事情。"

方凌一听，正中下怀，他就是想编个故事和陈东海套近乎，见有了效果，心里很得意，便继续说："我当时马上开窗，然后用手拼命堵住出气口，尽可能让煤气出来慢一点，以免屋子里煤气浓度过高，殃及周围邻居。"他一边说，一边故意扬了扬手，"可没想这股气体会这么厉害，把手喷得又红又痛。"

陈东海朝方凌点点头，说："是呀，你别小看这股力道，跟自来水冲出来差不多。小伙子，你这手还有几天要痛了！"陈东海说着，又像想起了什么，"对了，我在煤气站工作那会儿，煤气罐都是灰色的，现在什么颜色？"

"绿色！我用的是绿色的。"方凌这回说的是真话。

"煤气罐一直都是绿色的吗？你当时拼命捂住罐子，没把它的颜色也磨掉吧？"陈东海也许是想缓和一下气氛，打趣地问。

"我的手掌可不是砂纸，怎么能把煤气罐的颜色磨掉呢？"方凌觉得继续扯远有些不妥，现在到底是决定自己职业命运的关键时刻，于是就认真地回答说，"我的煤气罐始终都是绿色的。真可惜，放跑了一大罐煤气啊！我后来是用湿毛巾堵住出气口，外面再包上塑料袋，确信没有危险了才敢出门的，所以迟到了这么长时间。"

陈东海听了，微微一笑，不再往下问了。

接下来的面试进行得很顺利，方凌有问必答，自我感觉很好。但令他没有想到的是，当面试结束，陈东海宣布录用决定时说,考虑到集团公司的实际发展需要,他把另外两名竞聘者都留了下来,独独退了方凌。

陈东海意味深长地对方凌说:"很抱歉,我们公司对员工除了能力要求,诚信更加重要。你今天早上虽然迟到了,可不该编造这样一个故事来掩饰自己。"

方凌的心登时凉了半截,心有不甘地竭力争取说:"董事长,我说的都是实话,我确实是为了不让泄漏的煤气影响邻居安全才迟到的。"

陈东海依然微笑着,对方凌说:"小伙子,如果真把一罐煤气放跑,那么结果就不是你故事里说的那样了。你也许是为竞聘而采取这样的策略,但我们公司需要的,是务实的员工。"

方凌看自己肯定没了辙,只得垂头丧气地退出考场。回到出租屋,他始终想不明白是哪个细节出了问题,最后一咬牙,决定真的放跑一罐煤气试试。他打开窗户,然后把煤气罐的开关拧开,只听煤气"吱吱吱"地直往外喷,来势汹汹,把玻璃窗户震得"格格"作响。但几分钟后,意想不到的事情发生了:煤气罐外表的颜色开始变了,整个变成了白色,仿佛涂上了一层白乳胶。方凌用手一摸,凉凉的,竟然是冰!

方凌猛地一拍脑袋:对呀!液化气体瞬间气化是需要吸收大量热量的,使四周温度迅速降低,空气中的水蒸气于是就凝结成冰附在了罐上。这是很简单的物理常识啊!

方凌顿时跌坐在椅子上……

(区志光)

(题图:魏忠善)

复印彩票

小秀是一家大企业的会计,她有一个爱好,就是喜欢买福利彩票,期期都买,但每期只买一注,每注都选相同的号码,这个号码就是他们一家三口的生日组合。小秀买彩票已经三年了,遗憾的是一次也没中过奖。小秀不舍得把这些彩票撕了,于是每次摇奖过后就将它用小夹子夹好,放进书柜抽屉里,这些彩票到现在已经有厚厚一摞了。

这天,小秀跟往常一样,坐在电视机前看这一期彩票摇奖。想不到中奖号码一出来,她眼睛突然亮了,喊丈夫的声音都有些发抖:"快,阿康,你来看看是不是真的?"

阿康敏感得很,一听小秀这么喊他,觉得今天要中奖了,赶快冲过来,一看,抱着小秀跳起来:"天呀!真的中了!五百万!

中了五百万！"

意外的惊喜让小两口一直兴奋到深夜。阿康拿出小秀保存的厚厚一摞彩票，说要买一个最精致的盒子将它们收藏起来，留作永久的纪念。

小秀笑着逗他："这个永久的纪念缺一张呀！"

阿康立即明白小秀的意思了：缺的就是中奖这一张呀！这张彩票是要拿去领奖的，等奖领回来，彩票就不可能再留在自己手里了。

这是个遗憾呀！两人一商量，决定明天先把这张彩票复印一份，然后再拿去领奖。

于是第二天，小秀拿着彩票到单位附近的复印社去复印。巧的是这家复印社也代卖彩票，老板是个年轻的小伙子，他一听小秀要复印彩票，觉得很好奇，愣了愣。不过他没有多问，这种事情嘛，当然是不要寻根刨底的好。

复印一张彩票很快，要不了半分钟，小老板三下两下就把复印件拿给小秀看，并且把彩票原件也还给了她。可小秀突然就觉得有点不对劲：小老板还给她的这张彩票太新了，她自己中奖的那张，因为昨晚和阿康摸啊摸的，已经摸得皱皱的了。小秀赶紧仔细看彩票上的号码，天哪！真的不对了，因为这张彩票上的号码根本不是她一家三口的生日组合。

小秀急了，立刻对小老板说："老板，你搞错了，这不是我拿来复印的那张彩票。"

小老板眼一瞪："大姐，这一大早的，我只接待了你这么一个顾客，哪能有错呢，别是你自己弄错了吧？"

小秀看看复印件，又看看彩票，说："老板，你还是仔细找找，这真的不是我拿来的那张。"小秀一边说，一边就抢前一步上去，将复印机盖掀开，可是里面空空如也！小秀顿时就傻了眼：自己中奖的彩票哪去了呢？她围着复印机前后左右、上上下下地找，可是毫无结果。

这时，闻声聚拢进复印社的人越来越多，人们用各种眼光打量这个四处翻找的女人。

小老板再也按捺不住了，朝小秀嚷嚷道："大姐，我还要做生意哩，你自己丢了东西，还是自个儿回家去吧！"

这时，小秀的情绪很激动：那可是五百万啊！怎么一眨眼工夫就没了呢？她断定是小老板搞的鬼，他既然是卖彩票的，不可能不知道这次中奖的彩票号码，肯定是他见"票"眼开，想霸占这五百万头奖。可问题是，这彩票是不记名、不挂失的，现在莫名其妙地不见了，自己找谁说理去呀？想到这里，小秀急出了一身冷汗。但她很快就镇定下来，打定主意要趁小老板还不能动手转移之前，把属于自己的彩票找回来。

小秀深深地吸了一口气，仔细回忆自己从进门到发现彩票丢失前前后后的经过。突然，一个小小的细节在她脑子里跳出来：小老板复印前，是在复印机底座与地面连接处取的复印纸，取后他还抖了抖上面的灰。这个动作好像有问题！刚才小秀在找彩票的时候明明看到复印机的续纸板上是有纸的嘛，他会不会是在这个环节上将彩票调包了呢？

这么一想，小老板的另一个细节也从小秀脑子里跳出来：小秀刚踏进复印社的时候，看到小老板正在忙活，当然是两手并用的，可当要帮小秀复印彩票开始，他的那只左手就一直插在裤袋里，取纸、抖灰都是用一只右手来完成的，直到复印完了，他的右手才从裤袋里伸出来。会不会就是在取纸、抖灰的当儿，他把小秀的中奖彩票藏到了复印机底座与地面交接的空隙里，然后在抖灰时，又将裤袋中的另一张彩票放进复印机里复印了？

想到这里，小秀立刻俯身到复印机底座处，伸手在它与地面交接的空隙处摸。哈，一摸就摸到了，果然有一张彩票，拿出来一看号码，正是自己的那张！五百万失而复得，小秀兴奋啊！

可是,还没容小秀喘口气,她捏在手里的彩票就被小老板一把夺了去:"你怎么到处乱翻人家的东西? 这是我的!"

小秀气坏了,大喊:"你这个无赖,明明是你从我这儿偷去的!"

围观的人们闹不清到底是怎么回事,议论纷纷,说什么的都有。

这时,一辆警车呼啸而来,在复印社门口停了下来,原来早有热心人打110报警了。

小秀原原本本将事情经过给警察讲了一遍。

小老板的嗓门也不低,瞪着血红的眼睛朝小秀吼道:"你说你一直买彩票,那就该知道规矩,彩票从来就是不记名、不挂失的,在谁手里就是谁的。别说你报警,就是告到法院,你也赢不了!"

警察一看双方这个样子,发话了:"你们双方都消消气。小伙子你先说,为什么说这张彩票是你的?"

小老板似乎胸有成竹,说:"我们卖彩票的,每隔一段时间就要去考察一下同行,昨天我跑了全市大约三十多家彩票行,每到一处都打一张彩票,号码都是随意说的。没想到有一张真的中了,我就将这张彩票藏在了复印机底下,其他的就随手扔了。可今天碰到这个女无赖……"

警察立刻止住他的话头:"有话好好说,不要随便给人家戴帽子。关于这张彩票,你还有什么要说的吗?"

小老板眨眨眼,想了想,摇摇头表示没有了。

警察问小老板:"你中奖的事都有谁知道?"

小老板说:"只有我媳妇知道。"可是这话刚出口,他发现小秀正怒视着他,猛然意识到什么,马上改口说,"哦,不,由于昨天太兴奋,我话多了,可能许多人都知道了。"

警察盯着他没作声,沉思了一会儿,转向小秀说:"那现在请这位女士说一说,为什么你说这张彩票是你的?"

小秀说:"这张彩票的号码是我们一家三口子的生日组合,这号码我已经买了三年了,所有的彩票都一张也没舍得撕,都留着,我可以立刻回家去取。还有……"

小秀直瞪着小老板说:"这张彩票上有我丈夫阿康的指纹,你能解释这是为什么吗?"

小老板愣了愣,立刻编起故事来:"你和你丈夫一大早就来缠我,非要看看中奖的彩票是什么样子,我缠不过你们,只好拿出来给你们看。彩票上所以就落下了你丈夫的指纹,这很正常嘛!"

小秀立刻追问:"那我女儿没来过你这儿吧? 彩票上为什么也有我女儿的指纹?"

小老板倒是很能"随机应变":"早上和你一起进来的小女孩,穿着裙子,扎着小辫,一进门就吵着也要看中奖的彩票。"

小秀一听小老板这么回答,忍不住哈哈大笑起来:"我告诉你:第一,我丈夫阿康绝对不可能早上跟我一起来你这儿,因为他坐早上七点的火车出差去了,这有火车票为证;第二,我没有女儿,只有一个儿子,早上七点半送幼儿园,这也有幼儿园的接送卡为证。现在我倒是很想听听你还有没有其他解释? 如果没有,单凭指纹一点,就可以证明这张彩票是我的!"

这时候,小老板的脸早已涨得通红,他拍着桌子朝小秀大叫大嚷:"无论你怎么说,现在彩票在我手上就是我的,你再多说也没用。"

小秀见小老板如此耍赖,气得浑身发抖,一时不知怎么办好。突然她的视线被屋子里一个带抽屉的书柜吸引住了……小秀猛地站起身来,对小老板说:"行,这张彩票就归你了。"说完,拔脚就往外走。

这一来,反倒是小老板傻了。

警察也很吃惊,因为凭直觉,他基本可以认定是小老板的问题,可是得抓住证据啊,他正动脑筋找"突破口"呢,怎么现在小秀突然说不要彩票了呢? 五百万啊!

警察问小秀:"你真不要了?"

"不要了!"小秀的态度非常坚决。

"那……"警察把手里的纠纷处理回单递到小秀面前,提醒说,"如果你想好了,是要在这上面签字的。"

"签字就签字!"小秀头一昂,拿过回单,"唰唰唰"大笔一挥,然后就出了复印社的门。

小老板长长地舒了口气,就如同五百万已经揣进腰包,他狡黠地笑了。

警察追上小秀,想追问又考虑是不是合适,毕竟这不同于一般的案子,既然一方主动"撤退",事情也就自然了了。

可是,警察那欲言又止的神情却令小秀大笑不已。小秀说:"你一定是想问我,为什么五百万的彩票,说不要就不要了? 我告诉你吧,我刚才在那家伙复印社里看到那只和我们家一模一样的书柜,我立刻想起来了,今天早上出门时,因为太激动,我拿错了彩票,小老板手里那张其实是上一期的,这期的中奖彩票现在还好好躺在我家书柜的抽屉里呢!"

(刘　艺)

(题图:魏忠善)

别想赖账

小林光夫是日本一家公司的营销部经理,川田静子是他的秘书。

这天,小林要去外地出趟公差,静子嚷着要去看海,于是一路同行。小林很快将公事办完了,静子便拉着他去海边玩。

此时正值盛夏,海边的游客可真不少,小林和静子正陶醉在心旷神怡的景色中呢,一个年轻帅气的小伙子走了过来。

小伙子对小林和静子说:"二位好!请问二位想不想把这精彩的时光保留下来?我们公司愿竭诚为二位服务,直到二位满意之后再收费。"

静子一听,好奇地问:"你是干什么的?你们公司可以为游客提供什么样的服务?"

那人自我介绍说,他叫秋田次郎,在摄影公司工作,是专为来海边的游客提供录像服务的,然后制作成光盘,寄给客户永久保存。

小林对这事儿挺有兴趣,问他:"你说的可都是真的? 你们怎么收费呢?"

秋田回答说:"每人只收二千日元。"

小林惊喜万分:"是吗? 收费不贵嘛! 想不到你们公司能为游客提供如此周到的超级服务。"

他转而问静子:"怎么样,咱们录一盘吧?"

静子却对秋田的话半信半疑:"假如有人收到光盘后不付钱怎么办,你总不至于专门跑去找他吧? 难道你们就从来没有碰到过这样的事?"

秋田点点头,笑嘻嘻地说:"是的,小姐,很多人都这么问过我。不瞒您说,确实有一些人在享受到了我们的服务之后不想掏腰包,说得不好听是想赖账,不过这些人最终都会良心发现,最后将钱自觉如数地给我们汇过来。我深信,你们二位不是那种人,您说呢?"

静子听他如此说,心里不觉有点好笑,她心想:你这人真是好天真啊! 可嘴上却应付着:"那是自然,我们像赖账的人吗?"

不过,既然是先服务再付钱,也就不怕上当了,于是小林和静子决定就在海滩上拍一下。

秋田却鼓动他们说:"难道二位不想投入到大海的怀抱里去感受一下吗? 那可是非常惬意的事情呀!"

静子有点遗憾地说:"可我们没有带泳衣呀!"

秋田说:"这不用担心,我们公司有这项业务,早已经为游客准备好了,免费提供。"

静子一听不由乐了,调侃说:"嫁人就要嫁你这种心细的男人哪!"

周围有人听到了,忍不住大笑起来。

在秋田的策划下，小林和静子穿上泳衣就开始在海边相互嬉闹起来，打水仗，追逐奔跑，对着摄像机镜头做各种鬼脸，最后玩到兴致处，两人手拉手在沙滩上尽情狂奔，跑累了就仰躺在沙滩上晒太阳。秋田端着摄像机，把他们的一举一动都拍了下来。

秋田说："二位一个星期内就能收到光盘，烦请收到后汇款过来。祝二位旅途愉快！"

结果，两人回公司才两天，秋田制作的光盘就寄来了，小林和静子每人一张。

静子迫不及待地在电脑里放了一遍，很满意。她感慨着对小林说："他们公司的制作水平确实高明，不过我认为他们都太傻，你想想，难道世界上每个人的良心都那么好，会给他们汇钱过去？本小姐这次就决定给他们上一课。"

小林一听这话，就知道静子想赖账，于是就劝她说："人家挣钱也不容易，你这是何必呢？你要真不想付，那我就多寄一份给他们算了。"

可静子不答应："不行，不许你帮我付。我就要让他们交交学费，看他们有什么本事在我这儿拿到钱！"

小林看她这蛮横样子没办法，只得把自己那一份的钱先给对方汇了去。

大约半个月后，秋田的公司给静子来了一封信。信上这样写着：

川田小姐：

您好！小林先生的汇款已经收到，希望您也能信守诺言，见信后三日内将款汇来，否则公司将视您的这一行为为违约。如一星期内仍无回复，我们将采取必要手段来维护本公司利益。顺便告知，违约每日将加收违约金一万日元。

秋田次郎

静子看完信,忍不住哈哈大笑起来:"写这种东西又有屁用?真是太天真啦!"

静子决定不理睬对方。

可是一个星期以后,她又收到了秋田寄来的一封信,还有一张光盘。秋田在信中说:鉴于您执迷不悟,限三日内将违约金十万日元汇至我公司,否则这张光盘将被拷贝成若干份,免费赠予贵公司其他同事。现实生活中,像您这样不守信用的人很多,为了免遭损失,我们不得不在免费提供给您的泳衣上做了点防备——它是用一种特殊面料制成的,在摄影镜头下,您会一丝不挂,春光乍泄。您是聪明人,我们也不傻。

静子看罢信猛吃一惊,急忙将光盘放入电脑中播放,画面上的镜头不禁让她倒吸一口凉气:镜头中自己虽然穿着泳衣,却和光着身子根本没什么两样。奇怪的是,小林却不见了踪迹。

静子又气又急,知道这回自己是栽在了高人手里。她思前想后,第二天就将钱悄悄给秋田汇了过去。

(冯邦利)

(题图:箭　中)

开诚相见

　　总说人心隔肚皮，却也是肚皮隔人心。不妨就换一种相处方式，坦诚相待，未必不是皆大欢喜，又何乐而不为呢？

百年遗书

　　唐州城里有个书生,叫白仁义,他的父亲白得道常年在杭州做茶叶生意,家中只有他们母子俩过活,一个操持家务,一个在县学读书,日子过得很是富裕和安逸。

　　这一年的年底,白得道没有如期回来,只捎了一封信,说是还有些账目要清理,回家的日子要推迟一些。白家母子对生意上的事情知之不多,只有安心等待。可谁知道这一等就是三年,始终没有等到白得道的任何消息。

　　这一来,母子俩就等于没有了经济来源,只能坐吃山空。更重要的是,父亲下落不明,生死未卜,这叫白仁义十分挂心。其实白仁义此时已经二十岁,可以承门立户了,他与母亲商量,要去杭州寻找父亲。

母亲自然挂念丈夫，不仅满口答应，还催儿子快快上路。

于是白仁义打点打点就出发了。他来到杭州，寻一个旅店住下，然后就挨个去卖茶叶的商家，打听父亲的下落。杭州太大，经营茶叶的商家成百上千，热闹繁华处有茶庄，背街小巷里有茶店，一年四季杭州城里都弥漫着茶叶的清香。白仁义找了三个月，才走了半座城，没有得到父亲的半点消息，却把带来的盘缠全用光了。白仁义寻父心切，任凭讨饭也要继续寻找，没钱住店，他就露宿街头，没钱吃饭，他就去典当衣物。好在江南春早，天气渐暖，他那些衣服就一件一件送进了当铺。

当时杭州城里最大的当铺叫"金利来"，东家姓金名利，添一个"来"字就做了店名。金利来每天六个柜台同时对外营业，可见规模之大，生意之好。也是店大欺客，金利来当铺对白仁义那些衣物根本不看在眼里，虽然勉强接了当，却把当值压得很低。白仁义也不计较，只图换几个小钱填饱肚子，继续寻找父亲。

当到最后，除过贴身的衣裤，白仁义手里只剩下一件夹袄了。这件夹袄，在别人看来很无所谓，可白仁义夜晚要拿它当被子挡风御寒，不是万般无奈，实在舍不得出手。可白仁义这里还在恋恋不舍，那金利来当铺的朝奉早把他的夹袄推下了柜台，因为这夹袄被白仁义又当被子又当枕头的，不仅破旧而且满是灰土，还散发着刺鼻的汗味。

朝奉捂着鼻子朝白仁义吼道："拿走，拿走！"

白仁义有些气恼："你怎么能这样做生意？既是物品，总有所值，就算不值一文，也值半文吧？"

东家金利闻声走了过来，看了看那件夹袄，没好气地说："你这穷鬼，拿着垃圾样的东西也好意思来质当？日后你若不来赎，本店不是白白赔掉半文钱吗？快快拿走！"

白仁义争辩道："我在这里人地两疏，求贷无门，才拿衣服做个信物，借你一些银钱使用，日后肯定会来赎的。你们开当铺的,除过营利之外,总要急人所难才好!"

金利把白仁义打量了几眼,冷笑道:"我这里是当铺,不是慈善堂。年轻人,等你以后也开出当铺来,再去济世活人吧!"

白仁义知道争他不过,只得转身离开,悻悻地说:"我若开了当铺,哪怕有人拿了死孩子来质当,我也照收不误。"

金利冲着白仁义的背影哈哈大笑:"这说法倒是头一回听到,新鲜! 新鲜! 不过,你这个穷鬼与死孩子又有多少区别? 只不过是年龄大点,还有一口气罢了!"

白仁义身无分文,肚子饿得"咕咕"乱叫。看自己这副模样,真与叫花子无异,那些茶庄、茶店连门都不让进,还怎么打听父亲的下落? 想到这里,白仁义就打算到城外找个僻静处,把自己清洗一番。

出城二十里,前面是一座小山,山下有一座小寺,寺旁有一池清水。白仁义走近前去,看到寺院门额上写着"寒露寺"三个字,寺院规模不大,房舍也有些破旧,不见善男信女出入,只有一个老僧在蒲团上打坐。

佛家慈悲,白仁义想先讨碗水喝,就深施一礼道:"打扰高僧了! 我是个过路之人,腹中饥饿难忍,能给碗水喝吗?"

老僧听到声音睁开眼来,把白仁义打量一阵,唤过一个小和尚,吩咐上茶,再吩咐做饭。不大一会儿,小和尚把饭端了上来,白仁义饥不择食,风卷残云般吃了个净光。

填饱了肚子,白仁义抬起头来,见老僧正目不转睛地盯着自己。白仁义以为是刚才吃相不雅,惹老僧侧目,不由红着脸解释说:"刚才实在是饿急了,所以狼吞虎咽,惹高僧见笑了!"

老僧并不理会他的解释,却问:"你是来自中原唐州,贵姓白吗?"

白仁义一怔:我与老僧素不相识,他怎么知道我的籍贯和姓氏? 因为有刚才的一饭之恩,也不好多问,就点头说:"正是。"

老僧又问："你父亲叫什么名字？做什么营生？"

难道他知道父亲的消息？白仁义忙一一回答，就连父亲三年未归、自己来杭州寻父不遇的事，也全说给了老僧。而后问："高僧可知道我父亲的下落？"

老僧不觉叹了口气："岂止是知道！唉，真是一言难尽啊！"

原来，老僧今年六十了，本是杭州人氏，俗姓盛，自幼出家，法名寒露，如今做着寒露寺的住持。只因这里庙宇破败，香火不旺，所以也没人叫他的法名，只随口喊他老僧。寒露也不计较，只管自己吃斋行善，读经修持。

再说白仁义的父亲白得道虽然一直做着茶叶生意，却并不与杭州城里的茶庄、茶店打交道，而是直接从乡下茶农手里收购茶叶，然后转手卖给陕西、内蒙的客商。白得道在乡下行走，免不了常在寒露寺喝茶歇脚，一来二去就和寒露成了熟人。

三年前的春节前夕，白得道在乡下理账，突然得了暴病，临终前就把自己的一袋银钱并几张银票交给寒露，托他转交给家人。至于家住唐州什么地方、家人叫什么名字，白得道还没来得及说出来就咽了气。寒露在寺后依山傍水的地方掩埋了白得道，收藏了他的钱物，办完了后事，本想亲自去唐州打听白家，送还钱物，可惜他年老体衰，行动不便，委托他人吧，又怕人心叵测，不甚放心。因此，这事情一拖就是三年！刚才白仁义一进门，寒露就觉得有些面熟，一经试探，果然是白得道的儿子。

说到这里，寒露拿出了白得道留下的钱物，感叹道："物归其主，天意使然，总算了却了我一桩心事！"

白仁义听了百感交集，连声唏嘘。父亲三年音讯全无，原来是客死异乡；世上竟有寒露这样的僧人，任凭庙穷僧也穷，守着他人的财物却分文不取。白仁义接过父亲的遗物，定要分出一些银钱权作布施，以表自己对寒露和寒露寺的感激之情。可寒露却坚决摇手制止，神情异常平静："佛家以慈悲为怀，行善不求报答。"

白仁义无奈,只好跟着寒露去寺后掘开父亲的土坟,捡出骨殖,匆匆带回老家安葬。母亲自然悲伤,但人死不能复生,只得认命。好在儿子已经成人,又幸好得了许多银钱,想来下半辈子也有所依靠了。

处理完父亲的后事,白仁义突然想到自己的旧衣物尚在杭州的当铺里,便又赶到杭州,来到金利来当铺,把它们一一赎出。今非昔比,如今白仁义腰缠万贯,自然用不上这些了,所以赎出以后,就随手送给了街头的一个乞丐。

那乞丐好生感激,又有些奇怪:"你既然不要这些东西,何必拿钱去赎它?"

白仁义道:"当初窘迫,拿它质当为的是借钱应急,如今有了钱,怎么可以失信于当铺?"

乞丐连连点头:"好一个诚信君子,怪不得你能经商发财!"

乞丐本是随意奉承,却让白仁义思索半天。既然经商可以发财,又有父亲留下的一笔本钱,我何不到商海里打拼一番?主意一定,他就思谋着要找件事做。想到自己曾经在金利来受到的羞辱,遂决定就在杭州开家当铺,既可赚钱,又可接济急难之人。

白仁义说干就干,买下一所临街的房子,请了朝奉、伙计,经过一番筹备,"仁义当铺"就开业了。白仁义不忘初衷,对质当的客户来者不拒,贵重的金银首饰也接,价值一文半文的小件也同样收当。其实,质当就是拿东西抵押借钱,还要付出高额利息,如果不是万不得已,谁肯用这样的方式借钱?将心比心,仁义当铺的服务就格外周全,很快赢来了众多客户,门庭若市,生意很是红火。

仁义当铺的生意红了,金利来当铺的生意就差了。金利打听出原来就是那个穷鬼夺了他的生意,不禁恼怒不已。可是客户愿去哪家,谁也奈何不得呀!

突然,金利想起白仁义曾经说过的话,顿时就心生出一条毒计:你不是说过,任是死孩子也要收当吗? 我就用个死孩子去搅局,看你如何处置。你若不收,那么你济世活人的承诺就是欺骗;你若收下,其他客户谁还敢上门质当? 于是金利暗笑两声,就派了一个伙计去荒郊野外寻找死孩子。

隔了一天,仁义当铺刚刚开门,就有一个三十多岁的汉子抱着一个死孩子走了进来,声言急需用钱,拿这死孩子质当,当期三天,当值半两银子。三天后若不来赎,任凭当铺处置。

当班的朝奉没等汉子把话说完,挥手就往外赶人:"去去去,哪有拿死孩子来质当的? 大清早的,晦气!"

那汉子故意提高了嗓门说:"你们东家说过的,凡是物品,总有所值。这死孩子难道不是物品吗? 当不得半两银子,当十文钱也不行吗?"

这一番争吵,引来许多人驻足围观,议论纷纷,有人说当铺应该接当,有人说那汉子纯属闹事。大家议论纷纷,莫衷一是,把一些前来质当的客户也堵在了门外。

白仁义听到争吵,急忙从后院跑了过来,问明原因以后,立刻吩咐朝奉:"哪有把客户拒之门外之理? 马上开当票,收当!"

朝奉面露难色:"东家,您别犯糊涂! 现在收下这死孩子,三日后他如果不来赎当,损失几文钱事小,我们又该如何处置?"

白仁义说:"别的当铺我管不着,我的当铺就是要急人所难,扶危解困。你好生想想,这位大哥如果不是遇到难处,急需用钱,怎么肯把自己的孩子拿来质当? 孩子虽死,也是自己的骨肉。骨肉离散,何其悲伤,你当着他的面还要说什么赎当不赎当的话,这不是往他心口上扎刀子吗?"

朝奉不能违拗东家,只好开了当票,收下死孩子。

那汉子接了钱,灰溜溜地急忙走开,围观的人中有人认出汉子是金利来当铺的伙计，也就明白了金利搅局的用心。可笑金利的恶毒用心被白仁义的善举击破，反而为仁义当铺做了一次广告。

不过话说回来，这事儿确实也给白仁义出了难题，该怎么处置这个死孩子呢？白仁义想来想去，凡是客户的物品，理该妥善保管，于是他就吩咐伙计去买了一口小棺材，把死孩子盛殓了，然后在后院的一棵桂花树下挖坑存放。

谁知道坑刚挖了一尺深，却挖到一块青石板。揭开石板，下面是个土窖，窖内放了一个瓷坛。掀开坛盖，金光四射，炫人眼目，坛子里满满的都是金块！

伙计惊得目瞪口呆，连叫："东家、东家，你真是一个贵人！别人拿死孩子搅你的生意，你却因此得福，得了一坛金子！"

白仁义摆摆手说："别忙，意外之财不可贪，待我看看再说。"他把金子一块一块拿出来，发现内中有巴掌大一片金叶子，上面刻满了蝇头小字，细看竟是一封遗书，那落款的年份，竟在百年之前。遗书的大意，是说一个姓盛的商人经商发财，积下万金。怎奈几个儿子不务正业，挥金如土，把吃喝嫖赌全占了。眼看儿子们不可救药，孙子辈也不成器，为防隔代子孙冻饿街头，这位盛姓商人特意埋下一坛金子，日后若有哪位贵人发现，请自取一半，将另一半送给盛氏存世后辈。若盛氏后辈无人，发现者全部受用。

看过遗书，白仁义告诉伙计，这金子并非无主之物，切不可擅动。

当然了，这处房产历经百年，多次转手，只怕盛氏后人也无从知道祖上曾是这里的主人了，如果独吞了这坛金子，又有哪个知晓？但是白仁义却是觉得做人要有良心，既然发现了这坛金子，又看见了遗书，就不能让盛家先人的遗愿落空，就该认真寻找盛家后辈，让金子物归其主。白仁义知道，凭自己一个外乡人去找盛家后人，肯定困难重重，因此，他把那坛金子并遗书一起送到了杭州知府衙门，请求官府出面查找。

时任杭州知府的正是大文学家苏轼，听了白仁义的请求十分震动，当即派了许多官员翻阅户籍，访问百姓，不出两天，竟然找出了一个盛氏后人。你道是谁？却是寒露寺的老僧，寒露住持！那个曾经富甲一方的人家，经不住三代子孙的连续折腾，到了寒露出世，他的父母竟以乞讨为生，早早把他送到寺院当了和尚。

白仁义得知金子的主人是寒露住持，很是喜出望外，遂把自己杭州寻父，质当受辱，寒露寺讨水，老僧"守"金不昧等等情况一并向苏知府说了，表示那坛金子自己不取毫厘，全部还给寒露住持。他恳切道："圣人有言，滴水之恩，当以涌泉相报。何况那金子本就姓盛。"

苏轼呵呵笑道："你们两人，一个守金不昧，一个掘金不贪，实在堪为世人之楷模！盛氏祖先的遗书，只有到了你白仁义这样的人手里，才得以执行。因此，那坛金子，你必须留下一半。君子爱财，取之有道，这也是盛家先人的遗愿。何况你开着当铺，财力雄厚之时，不是可以接济更多的急难之人吗？"

恭敬不如从命，白仁义于是便将那坛里的一半金子买房置屋，使仁义当铺成为杭州城同行中的第一大店。而寒露住持得了坛里的另一半金子之后，把寒露寺整修一新，香火日盛，渐渐地也有了名气。

这两人行好得好，一时传为美谈。至于金利来当铺，因为拿死孩子刁难同行，则被苏知府打了一顿板子，从此恶名远播，再无顾客上门，只好就此关门歇业。

（曲凡杰）

（**题图**：黄全昌）

三绝壶

民国年间,羊城西门有家如意茶庄,经营茶叶和茶具。茶庄里有两个伙计,一老一少,老的黄师傅有五十多岁,负责店里的买卖,少的叫阿康,是个杂工。

老东家在世时很倚重黄师傅,黄师傅看茶从不问客商,只需抓起一撮茶叶放在掌心,然后双手合拢,猛地呵上一口气,捂紧,少顷,放到鼻端,眯着双眼,用力一嗅,便能报出茶名:武夷头水岩茶,或是安溪明前铁观音,或是福州香片六月白,或是杭州西湖龙井茶……震得那些客商大眼瞪小眼,服服帖帖地按黄师傅的报价结账。

现在老东家下世了,少东家做主,就有点嫌黄师傅碍眼。这也难怪,黄师傅做了一辈子,现在背驼了,头发也白了,除了眼睛,身子骨一年不如一年,站在店堂里,怎么看都有损门面。

阿康看出了少东家的心思,一日,趁黄师傅不在,就向少东家提出,他想跟黄师傅换换位子,而工钱只拿黄师傅的一半就行。

少东家起初有些犹豫,怕阿康不懂行情。阿康说:"做买卖这活,全靠眼睛灵活,俩钱买三钱卖,薄利多销,胜似利高。"

少东家见阿康说得头头是道,这才应允。黄师傅一回来,看阿康脱了粗布短褂,穿上长衫在店里招呼客人,马上就明白是怎么回事。他长叹一声,拿起扫帚去了后房。可是这一换,黄师傅还真有点吃不消,他毕竟是上了年纪的人了,遇到挑水劈柴搬煤球的重活,常累得汗流浃背,气喘吁吁。可是少东家却像没看到似的,有时还一个劲地催他手脚快些。

黄师傅心里明白:少东家这是变着法儿在撵自己走呢!他算算日期,离过年还有近三个月的时间,就想咬牙坚持干到年尾再走,不想半个月下来,他终于挺不住病倒了。这下可吓坏了少东家:黄师傅万一有个三长两短,自己不但贴钱贴物,而且还会沾上一门子的晦气,那才叫"偷鸡不成蚀把米"。直到请来的郎中说黄师傅这是急火攻心,休养一段时间就会好的,少东家这才放了心。

过了一阵,黄师傅身体终于恢复了。可是病愈后一结账,不但几个月的工钱被扣完,还欠下少东家二十个大洋。少东家说:"看在你跟我们家几十年的情分上,这钱就不用还了,你早日返乡养老去吧!"

黄师傅一听少东家这话,很平静地说:"欠钱总是要还的,否则我死也不会闭眼。这样吧,过两天,到第三天,你这店再让我打理一次,若是一天下来我能比平时多卖出钱来,就算我还了你的债,并且再算上我回家的盘缠,如何?"

少东家一听,心想:三天后是什么日子?冬至已经过了,阳历年还没到,这跟平日好像没什么两样呀? 也好,不如做个顺水人情,让黄师傅死心塌地地走。于是,就点头答应了。

到了第三天,少东家怀着好奇心早早就起了床。他去大街上一溜达,看见许多洋行门口都贴了一个戴红帽的老人像,一问才知道,原来是西方的圣诞节到了,据说这一天洋人买东西都很大方的。少东家暗道:怪不得黄师傅要挑这一天,原来有戏唱的啊! 他赶紧回到店里,见黄师傅穿着一身干净的衣衫,正精神抖擞地要和阿康一起接待顾客。

你还别说,这天来的外国客人确实比以往要多,但一个个都被阿康抢在前头拦去了生意,有时阿康忙不过来,少东家就自己出马,故意不让黄师傅接待,黄师傅只有一脸的苦笑。

到了下午,来了一个鹰钩鼻子、蓝眼睛的洋买办,少东家认识,这个客人叫吉姆逊,是个有名的中国通。吉姆逊先闻茶叶,再看茶具,看完了就摇头,嘴里直叫"no",显然是没有中意。

跟在他屁股后面的阿康忙把吉姆逊领到精品小柜前,那里面摆放着几件清朝年间的朱泥小壶。吉姆逊挨个拿起,敲敲,闻闻,又用手背在壶底来回摩擦了几遍,然后说:"这都是赝品,声杂,味腥,有毛刺,我要真正的宜兴陶器。"几句话,全说在点子上,阿康蔫了,少东家也无语。

吉姆逊一耸肩,就要跨出门去,就在这时,黄师傅说了一声:"吉先生请留步。"

吉姆逊转过头来,很纳闷地看着黄师傅。

黄师傅笑着问:"吉先生,若是好壶,您可出得起价钱?"

吉姆逊指指外面的洋车,得意地说:"钱是不成问题的。"

黄师傅一听,点点头,转身进屋,不一会儿,拿出一把紫砂小壶来。

看到这把壶,少东家和阿康差点没笑掉大牙。原来,这是几年前宜兴一个客商送给老东家六十大寿的贺礼,壶送来后不久,老东家就去世了。这壶表面好看,但壶底有一条裂纹,虽不漏水,但因为品相不好,没人会买。少东家准备扔掉,黄师傅却收起来,说是可以做自己晚上备用的痰盂缸,没想到经过几年唾液的浸润,这壶底的裂纹竟自动愈合了。现在,这把洗得乌黑锃亮的小壶就放在吉姆逊面前。

吉姆逊一看,眼睛里顿时放出两道蓝光。他轻轻拿起这把壶,在手里不住地把玩,发现它形同鼓肚,耳把浑圆,壶身上刻有二十四行行草,壶底篆刻着五个小字:平生一片心。吉姆逊用戴在中指上的戒指轻叩壶身,顿时发出一声清脆之音;他又用手背轻拂壶口,除了有平滑如玉的感觉外,似乎还带有一丝凉气沁人肌肤;再细看那些诗文,如鬼斧神工,笔痕十分流畅有力。

吉姆逊沉吟良久,说:"这是一把'三绝壶'啊!"

吉姆逊这么一说,少东家和阿康都感到莫名其妙。黄师傅却微微一笑,问道:"不知吉先生能否说出是哪三绝呢?"

吉姆逊不假思索地说:"第一绝就是这壶的式样,为乾隆年间宰相陈鸿寿所绘,经宰相之手,土木野草都要贵上三分;其二绝就是壶身上的诗,是唐朝诗人卢仝的'七碗茶诗',这些字可谓铁画银钩,力道逼人;其三,这把壶是宜兴制陶大师叶时春所制。小小一把壶,竟能集陈鸿寿的款、卢仝的诗和叶时春的手才得以问世,故称'三绝壶'。"

吉姆逊的一席话,说得少东家和阿康如同在听天书,不知是真是假,而黄师傅却竖起大拇指直道:"吉姆逊先生果真是个中国通啊,对我们的茶文化了解之深,实在让人钦佩。"

吉姆逊又要求用茶一试,这是检验好壶最有效的办法。

黄师傅点点头,然后舀出一勺茶叶放入壶内,加水烹煮。不一会儿,只见热气升腾,蟹眼过后鱼眼开,茶味从壶嘴喷出,刹那间满室飘香。黄师傅斟满一盅递给吉姆逊,吉姆逊慢慢品尝了一口,只觉一道热浪过后,腹腔甘甜,口舌生津,忍不住连声赞道:"好茶,好壶!"

吉姆逊问黄师傅这把壶卖多少钱,黄师傅不说话,只伸出一个指头。

少东家一看,心里连叫"乖乖",一把破壶竟想收人家一百个大洋?真是异想天开。

不料吉姆逊却点点头说:"我买了。"他一下子就掏出一千块袁大头,放到柜台上,把少东家和阿康喜得头脑都发晕了。

黄师傅倒未见得怎么高兴,他朗声对吉姆逊道:"这把壶确实不错,不过先生您看清楚了,这是个赝品,是由后人仿制的,并非真正的'三绝壶',您出这么多钱,不怕被我骗了?"

少东家一听黄师傅这话,好像三伏天被兜头浇了瓢冰水,差点没昏过去:天下生意人,哪有主动承认自己是在卖假货的啊?

吉姆逊直视了黄师傅一会,忽然哈哈大笑道:"黄师傅这样磊落的人,真是难得一见啊!这把壶若是真正的'三绝壶',那就是国宝了,以黄师傅的为人,是断然不会轻易出卖的。我早就看出来这把壶是赝品,但它仿造的工艺绝对值这个价钱。更主要的是,这把壶让我找到了了解中国茶文化的钥匙,这才是无价之宝。黄师傅,就冲着你这份坦诚,我决定了,以后我们洋行所有的茶叶都到你店里来买。"

吉姆逊说完,收起茶壶,驾车走了。黄师傅也提起早已打好的包裹,朝少东家作了一个揖,只从柜台上拿了十个大洋用作路上盘缠,随后就大踏步出门而去。

好半天,少东家才突然醒悟过来什么,叫阿康赶紧去追。

阿康撇撇嘴说:"洋人的汽车跑那么快,我怎么追得上?"

少东家连连跺脚道:"你真是个笨蛋!我让你去追黄师傅,他才是真正的无价之宝啊!"

(肖建国)

(题图:俞跃庭)

只收二元钱

　　出租车司机李二在东郊公园门口等了大半天,也没拉上一个客,看来这种"守株待兔"的办法不行,他决定改变战术,到市里去找生意。

　　正要发动车子,突然有个壮壮实实的中年男人奔过来,问他:"师傅,去市里多少钱?"

　　李二故意抬高价格说:"三十元。"

　　"怎么这么贵?"男人挺惊讶,可还是把钱递了过来,"三十就三十吧,不过你得帮我一个忙。"

　　李二心里嘀咕:别的乘客都是先坐车后给钱的,这人怎么还没上车就给钱了? 看他膀大腰圆的模样,会不会是个凶犯? 李二不敢接钱,问要他帮什么忙。

男人说:"我爹就在前面走哩,等会你帮我骗骗他,就说到市里只收二元钱。我爹在乡下节约惯了,刚才陪他打的来,他说五十个鸡蛋飞了;进公园要买门票,他又说一担稻谷没了;现在他死活不肯再坐车,非走回去不可。唉,我真拿他没办法。"

原来是这么回事,李二松了口气,收下钱,就赶紧先让这男人上车。

一会儿,就赶上了男人他爹,李二把车停在老人身边,男人打开车门,叫他爹上车。

老人杲然拉开大嗓门嚷嚷起来:"走走路算什么,能省下二三十元钱,比种地强多了。你小子赶快给我下来!"

李二赶紧说:"大叔,快上来吧,我只收你们二元钱。"

老人一愣:"怎么只收二元钱?"

李二说:"我回市里去,顺路捎上你们,二元钱,意思意思嘛!"

老人一听乐了:"难得碰上你这么个好心肠的小伙子啊!"这才挺不好意思地上了车。

一路上,李二非常热情地和老人聊着,问他在乡下种什么地,收成怎么样,问他城里好不好。

老人叹了口气,说:"你们城里啊,好是好,就是花钱多,怪心疼的,还不如回乡下去的好!"

说话间,车子就开进了市里,男人对李二说要陪他爹去百货大楼买点东西,于是李二就把车开到百货大楼门口,停了下来。

下车的时候,老人乐呵呵地掏出二元钱,递给李二。

男人赶紧对老人说:"爹,钱我已经付过了。"

老人笑着说:"那就再给二元吧,给四元钱,还是我们占了人家师傅的便宜。"

老人又转头对李二说:"师傅,你不知道,早上那开车的才叫黑心呢,去的时候硬收了我们二十八元钱,后来听人家说,从市里过去,顶多也就是个二十四、五元的。"

老人话音刚落,李二的脸"刷"地红了,自己刚才已经收了人家三十元,现在怎么好意思再收老人这二元钱呢? 可是老人见李二死活不肯拿,就把二元钱往他驾驶台上一放,这才下车。

李二心里真不是滋味,赶紧摇下车窗喊他们:"哎,你们回来一下。"

老人还以为自己有什么东西忘在车上了,李二说:"大叔,其实你儿子上车前给了我三十元钱。"

"什么?"老人一听,眼珠子都差点儿瞪出来,数落儿子道,"你这小子……你可真会败家呀,二十五元都贵上天了,你还给他三十块,值上百个鸡蛋哪!"

男人没料李二把实话说出来,立刻沉下脸责怪李二不讲信用,他一面伸手去拿他爹放在驾驶台上的那二元钱,一面气哼哼地对李二说:"我爹说了,走一趟二十五元都贵上天了,我已经给了你三十元,你还得再找我五元。"

李二拿出三十元,对男人说:"你就是不开口,这钱我也想还给你。看得出,你是个大孝子,这钱你就拿去买瓶酒给大叔喝吧!"

男人顿时愣住了:"你……是你开的价,为什么又不要了?"

李二说:"因为……因为我有一个和你一样的父亲。"说完,他把钱往男人手里一塞,"哧溜"一声开着车走了。

(张 萍)

(题图:安玉民)

扶贫成果

　　这年春上，县委宣传部的年轻科员徐勇被抽调到县扶贫工作队，去一个边远小山村蹲点扶贫，时间是三个月。

　　那个小山村叫石琼沟，从县城出发，坐两个小时的汽车，还要翻山越岭走十五里小路，才能到达。下去之前，徐勇做了足够的思想准备，可没想到了那里一看，贫穷的情况远远比他想象的要严重得多。放眼望去，村里全是烂泥路和茅草房，山上不长树，地里不产粮，家里没副业，村里不办厂。再一了解，村民每人年均收入满打满算还不到二百元，他们平时就靠养几只鸡、几头羊过日子。

　　石琼沟穷到如此地步，这扶贫该怎么扶？徐勇刚参加工作不久，根本没什么经验，碰上难题就只有开会。可是光开会有什么用？大家挠破头皮也挠不出致富的门路来。

一晃三个月过去了，徐勇算是扶贫结束，要回县城去了。自打他来这里，村民们都把他当"救命菩萨"，指望他能带领大家脱贫致富，所以开口"徐同志"、闭口"徐同志"的，亲亲热热地叫了三个月。可现在这徐同志啥名堂也没搞出来，大家不免有点失望。

其实，徐勇自己心里也不好受，没完成好任务，回去怎么交账不说，就是对这里的乡亲们，他也怀着深深的歉意，毕竟一起生活了三个月，有感情了嘛！

怎么办呢？徐勇左思右想，终于想出个办法，他自掏腰包去买了百余只小鸡，特地给自己三个月的房东石大爷留了十只，其余就这家三只、那家五只地分送给了村里特别困难的人家。徐勇告诉他们说："别看这鸡崽小，这是洋种鸡，洋种鸡土养，不但长得快，而且长得壮实，一只可以长到十几斤哩，肉也特别好吃，市场上很卖得出去的。你们把它养好了，明年的日子就要好过多了，山外面人家靠养这种洋鸡致富的不少呢！"

乡亲们听了，感动得热泪盈眶。

不过走的那天早上，徐勇是悄悄离开石琼沟的，因为他觉得自己工作没做出成绩，非常不好意思。临走之前，他拉着房东石大爷的手说："大爷，请你转告乡亲们，我徐勇不会忘记这里，我会经常回来看望大家的。下次来的时候，我还会请养鸡专家一起来，给大家作技术指导。你们把养鸡事业发展起来以后，如果资金上有困难，告诉我，我一定想办法帮助解决。"

徐勇的一番话，说得石大爷眉开眼笑："好，徐同志，等把这些鸡养大，我捉一只最大的给你送去过年。"

石大爷依依不舍地一直把徐勇送到了村口。就这样，徐勇回到县城，又开始了每天早九晚五的机关生活。刚回来那阵，他倒是常想着石琼沟，逢人就说那里怎么穷怎么苦怎么需要去扶一把,可日子长了,他嘴巴里这样的话就渐渐少了,等办了婚事住进了新房,那个叫石琼沟的小山村就彻底被他忘在了脑后。

转眼到了这年的年底,眼看着迎新年了,家家户户都忙着置办年货,一箱箱、一袋袋、一筐筐、一车车地往家搬吃的用的,城里人好不热闹。这天中午,徐勇正在和新婚不久的妻子商量还需要再添买些什么,突然传来一阵敲门声,徐勇开门一看,门外站着一个衣衫褴褛的瘦老头儿,手里拿着一根棍子,肩上背着一个篓子,像是要饭的。

徐勇不由沉了脸,说:"你找错门了!"说着,就要关门。

不料老头儿却顶住门说:"徐同志,你不认识我啦?找到你我可不容易啊!"

徐勇一听老头儿称自己"徐同志",不由一怔,瞪眼细瞧,这才认出原来这个老头儿竟就是自己扶贫时候的房东石大爷,徐勇很尴尬,赶紧把石大爷请进屋。

徐勇客气地给老人让座泡茶,问道:"大爷,你大老远的到城里来,是办年货来了?"

石大爷说:"嘿呀,什么年货不年货的,我这是特地给你送东西来的。"说着,他从背篓里捉出一只大公鸡,又拎出一只羊腿,"快过年了,乡亲们牵挂你,都说要捉了鸡让我带来。我说我哪背得了那么多,再说你们小两口也吃不了,你说是不?"

徐勇一听愣住了,山里人的古道热肠,使他顿时想起了那三个月的扶贫日子,他很感动,甚至有点激动,连声道谢。

可是石大爷却显得很平静,说:"看你说的,这又不是什么好东西。你临走时我说过,要送只大公鸡给你过年的,咱山里人说话算数,所以今天我把自己这只给你送来了。"

说者本无心,听者却有意。石大爷这番话,让徐勇立刻想起当初离开石琼沟时自己对石大爷的许诺,禁不住羞愧万分。他愣了好一会儿,问道:"那……大爷,乡亲们还好吗?那些洋鸡……"

石大爷说："好,都好,所以大家都忘不了你的情义。"

徐勇一听,这才觉得心里好受些。他想了想,掏出五十元钱给石大爷,说："大爷,这点钱你拿着,就算是……"

石大爷顿时变了脸："怎么,真把我当要饭的啦?那我走!"

徐勇一看石大爷真不肯收,于是一边硬按着他坐下,一边吩咐妻子赶紧下厨房搞几个菜。他对石大爷说："大爷,你一定要走,也得吃了饭再走。你先喝点茶,我去去就回,你等着我。"

徐勇急匆匆地出去,是到街上去买糕点糖果,他想让石大爷带回去,却不料买了东西回家一看,石大爷早自个儿悄悄走了。徐勇追到汽车站,可惜迟了一步,班车刚刚开走,徐勇只得作罢。

回到家里,徐勇见妻子正在门口杀鸡煺鸡毛,周围邻居围了一大帮,在听她有声有色地说着这鸡的来历。妻子的声音很得意:"这只鸡放了血还有六公斤,啧啧,头一回见有这么大的鸡!知道它是从哪儿来的吗?嗨,是我们家'那个'上半年去山里蹲点扶贫开发来的!他用自己的钱买了几百只小鸡送给当地老百姓喂养,只半年多点时间,居然就长到这么重了!这种鸡卖得出价钱,村里的老百姓现在都发财啦!所以今天他们特地派人给我们送来一只,还有一只羊腿……"

妻子的话里其实有不少水分,但此刻徐勇突然觉得,这件事说起来,多多少少也可以算是自己下乡蹲点的"扶贫成果"了,于是第二天便去向领导作了汇报。领导一听很高兴,认为这是个不错的典型哩,要徐勇过了年马上去石琼沟全面了解,写一个详细的汇报材料。

于是春节一过,徐勇又一次风尘仆仆地直奔石琼沟。

事有凑巧,在离石琼沟还有半里路的山坡上,徐勇碰到了石大爷的孙子石娃。徐勇知道石娃年纪虽小,羊放得很好,可他今天却没有放羊,在山坡上挖地。

徐勇觉得有点奇怪:"石娃,还认识徐叔叔吗?你怎么今天不放羊了？那几只羊呢？"

谁知石娃愣了愣，说："羊？什么羊？噢——"他突然回过神来，"你就是当初住在我们家里的徐叔叔啊！可羊……羊早就杀了，统统杀掉卖肉了。"

徐勇一听，心里猜想：一定是石大爷准备发展洋鸡土养，才顾不上放羊了。于是就饶有兴趣地问："石娃，告诉徐叔叔，你们家里的鸡养得好吗？"

"鸡？"谁知石娃一听徐勇提到鸡，又是摇头又是摆手，"没有了，哪还有鸡啊，连鸡毛也找不到一根。徐叔叔，你送的那些洋鸡有瘟病的，你走了没几天，那些鸡就全都瘟死了，把村里原来养的土鸡也全给传染上了。"

"什么？你说的这些可当真？"徐勇猛吃一惊，但又不愿相信，"石娃，你别是在骗徐叔叔吧？你爷爷过年前不是还特地来给我送过一只你们自己养的大公鸡吗？"

石娃一听徐勇说他骗人，急了："徐叔叔，我没骗你，骗你是小狗。爷爷送你的大公鸡，是用卖羊换来的钱特地去买来的。爷爷说，你买了那么多小鸡送给大家，花了钱，操了心，不管怎么样，说过送你一只鸡就一定要送，再穷也不能说话不算数。你要不信，就去问我爷爷！"

听石娃这么一说，徐勇惊呆了，当时他离开石琼沟时拉着石大爷的手告别的情景，突然就浮现在眼前。是啊，自己当时信誓旦旦地对石大爷说，要请养鸡专家来给大家作技术指导，要给大家解决资金困难的问题，可是后来自己……自己干了些啥呀？

现在徐勇可进退两难了：进村吧，见了乡亲们怎么开口？回城吧，又怎么向领导汇报？他瘫坐在山坡上，怎么也站不起来……

（作者：刘少鸿；讲述者：吴文昶）

（题图：谭海彦）

吴嫂教子

下岗女工吴秀华,街坊邻里都叫她"吴嫂"。

这天傍晚,吴嫂去学校接儿子小明回家,母子俩拐进一条小巷时,小明蹦蹦跳跳在前面跑,吴嫂急急地在后面跟。母子俩正走着,忽然,吴嫂看到前面不远的地上蹲着一个盲孩子,年纪跟小明差不多,俯着身子,正双手颤抖着在地上摸来摸去。

吴嫂觉得很奇怪,就走过去问他:"孩子,你这是在找啥?"

盲孩子仰起头,回答说:"我在找钱,我丢了十块钱。"

吴嫂再一问,才知道原来这盲孩子是去帮他隔壁五保户老奶奶买止咳药,可走到这儿时,不小心把买药的十元钱丢了。

盲孩子焦急地恳求吴嫂说:"阿姨,您能帮我一起找找吗?"

偏偏这时,小明在前面大声催促:"妈,快走啊!"

吴嫂看了看儿子,心里一怔,突然一边揉眼睛一边喊道:"小明,快过来,妈妈眼睛里吹进沙子了,看不清楚,你快来帮帮这位小朋友的忙,帮他找找,看地上有没有十块钱!"

小明很不情愿地嘟嘟哝哝着走回来,说:"妈,就你多管闲事!"他两手插在裤袋里,眼睛胡乱地在地上转了转,说:"哪里有什么钱,一定是被风吹走了。妈,咱们还是快走吧,我肚子饿了!"

吴嫂要小明再仔细找找,小明一脸不耐烦地叫道:"没有没有,再找也没有!"

这时候,盲孩子的脸上勉强挤出一丝笑容,对吴嫂说:"阿姨,你们有事就不麻烦了,我自己慢慢找吧。"看得出,他的笑容背后是深深的失望。

这时候,只见吴嫂在原地走了几步,突然惊叫起来:"嗨,钱在这儿!"她把一张十元纸币塞到盲孩子手里。

小明一愣:"妈,你……"因为他清清楚楚地看到:这十元钱妈妈不是从地上找到的,而是从自己的口袋里掏出来的。

可是盲孩子不知道啊,他喜出望外地从吴嫂手里借过钱,嘴里不住地道谢。可谁知刚一触摸纸币,他就立刻对吴嫂说:"阿姨,这钱不是我的。我丢的十元是旧票,没这张这么新。"

吴嫂心里一颤,不由看了小明一眼,对盲孩子说:"孩子,你虽然眼睛看不见,可心里却比有眼睛的人还亮堂。这是阿姨送你的,你就拿着吧!"

盲孩子却说什么也不肯要:"阿姨,我不能白要别人的钱……"

站在边上的小明脸涨得通红,也许是被这一幕感动了,他主动开口说:"妈,我们再帮他找找,兴许能找到……我们两人分头找!"

吴嫂欣喜地看着小明,连连点头,母子俩于是就又分头寻找起来。

很快，小明惊喜地叫起来："哇，找到啦！妈，原来是被一片树叶盖住了……嗨，这该死的树叶！"小明如释重负，轻松地喘了一口气，将一张十元纸币递到了盲孩子手里。

盲孩子仔细地摸了摸，高兴地连声喊着："是我的，是我的，十块，是旧票！谢谢你们好心人，谢谢了！"说完，他把这十元钱揣进口袋，然后就摸索着去给邻居老奶奶买药去了。

母子俩于是继续朝回家的路上走。

这时，小明不再蹦蹦跳跳了，耷拉着脑袋，磨磨蹭蹭地跟在吴嫂后面，他默不作声，几次抬起头来，想要开口，却又低下了头。

直到快到家的时候，他突然快步追上吴嫂，眼眶里泪光盈盈，说："妈，那十块钱是……是我先捡到的。我想你没了工作，家里正缺钱用，反正他眼睛看不见……妈，你骂我吧！"

谁知吴嫂听了小明这话，却开怀大笑起来。

吴嫂对小明说："儿子，你知道吗？妈听到你这么说，真比听到什么都开心啊！其实，妈眼睛里并没有吹进沙子，妈全看见了，但是妈相信你会主动改正错误……如果你真把十块钱拿回家来，那妈就是真正的穷人了，妈就连儿子也没有啦！"

吴嫂说着，情不自禁地拉起小明的手，拉得很紧很紧……

（吴 天）

（**题图**：刘斌昆）

你是个好人

有个姓朱的老汉,靠踏三轮车卖豆腐脑儿挣钱养家。

这天已经傍黑了,他收工回家路过一处僻静工地时,看到有个三十来岁的壮汉正站在路口招呼自己,脚旁还放着两只箱子。朱老汉朝他摇摇手:"我这三轮是卖豆腐脑儿的,不载客。"

壮汉不死心,说:"大叔,这么晚了,我也难找车,你就捎我一段吧?我姓张,就是这工地上的,老板工钱发不出,用铜板抵工钱。我想到前面废品回收站去把铜板卖了,好换点钱买年货回家过年。"

朱老汉一听是这么回事,就很爽快地答应了。他帮小张把两只箱子扛上车,见小张站着不动,就招呼他赶快上车。

小张说:"大叔,箱子已经够沉的了,我再坐上去,你踏着太累,我还是在旁边跟着吧!"

这么能替人着想的小伙子,现在真是不多啊!朱老汉心里感慨着,想想自己卖了一天豆腐脑儿也真累了,于是就不再客气,一老一小上了路。

其实这工地离前面废品回收站不算太远,但因为是远郊,路是依着坡势修的,所以车子上上下下要好几回,上坡时小张就在后面帮忙推,下坡时朱老汉就在前面顺势慢慢溜。眼看就要到回收站了,谁知车子经过一个下坡时,刹车突然失了灵,车子摇摇晃晃的直往坡下冲。小张眼见要出事,大叫一声"不好",一个箭步冲上去,死命抓住车帮,车子带着惯性继续往坡下滑,但车速已经明显减缓下来。小张只觉得掌心一阵钻心的痛,可他不敢撒手,直到车子在坡底完全停下来,松开手一看,满手都是鲜血,原来车帮上正好有一枚钉子,把他的手掌扎破了。

朱老汉惊魂未定地对小张说:"大兄弟,今天要不是你,我这条命说不定就没了啊!"

两箱铜板一共卖了八百元钱,小张抽出一张五十元的票子要给朱老汉,朱老汉死活不肯收,说:"你还是多留几个钱自己买年货吧!"说完,蹬起车就"咯吱咯吱"地走了。

小张于是揣了八百元钱也上了路,但不知怎的心里总有些不踏实。一阵寒风吹来,他想把衣领子竖起来,一抬手,这才发现自己根本就没穿外套,刚才因为走热了,他早就把外套脱了丢在朱老汉的三轮车上。小张脑子里立刻"嗡"的炸开了,因为外套口袋里放着他的身份证和一万二千元下岗后原单位发的买断工龄的钱。

这可咋办?小张赶紧沿着朱老汉离去的方向追,可是追出好远,也没见他半个人影,没办法,只得垂头丧气地回家。小张把丢钱的事儿跟妻子一说,小两口心痛得一宿都没合眼。

到第二天天亮的时候,小张夫妻俩决定再出去顺着那条路找找。可是刚拉开门,却愣住了:门口蹲着一个人,正是朱老汉,只是脸上添了几道伤,身边没了那辆车。

朱老汉搓着两只大手,对小张说:"我把外套给你送回来了,还有钱,你点点有没有少。你们这一带地址不好找,我对着身份证上的地址找了大半宿,才……"

小张忍不住惊叫起来:"大叔,你早来了? 咋不敲门呢?"

朱老汉憨厚地咧嘴一笑,说:"嘿嘿,我听屋里没动静,怕惊着你们……"

"嗨呀,大叔,你真是个大好人哪!"两口子赶紧把朱老汉让进屋里,端茶递水。

小张关切地问朱老汉:"你脸上咋伤了? 车呢?"

朱老汉有点不好意思地说:"人老了,眼睛不好使,车摔沟里了,反正一辆破车,没啥。脸上也只是擦了一下,没事儿!"朱老汉硬要小张当面把钱清点一遍,自然一分没少。

小张非要拿出一千元给朱老汉,朱老汉坚决不收。两口子急了,硬要把钱往朱老汉手里塞。朱老汉看实在推辞不过了,想了想,说:"我有个主意,索性用这钱去买辆二手三轮,你反正下岗了,不如跟我卖豆腐脑儿去,我把手艺教给你,以后你就可以自己干了。"

小两口一听,这不是天上掉下来的好事? 小张妻子反应更快,脑子一转说:"大叔,要做就做大,我去向我娘家借点钱,咱们索性租门面开个豆腐脑儿店,你负责技术指导,我们俩给你打下手,行吗?"

朱老汉一听可来劲儿了:"当然行! 不过说好了,我只是帮忙,教会你们了,我得回老家。"

朱老汉一说回老家,小张突然想起昨天在送铜板去回收站的路上,朱老汉说起过要回老家的事,因为家里有个生病的儿子要动手术。小张问:"大叔,你不是说就要回去的吗? 你儿子……"

朱老汉朝他摆摆手："我可以先把身边那点钱寄回去,让孩子他娘带儿子去做手术,你们若是真要开店的话,趁着现在要过年了,是个好当口啊!"

小两口想想朱老汉的话有道理,于是当下就把开店的事儿定了下来。三个人分工齐努力,他们的豆腐脑儿店果真就在春节前夕像模像样地开起来了。因为朱老汉手艺地道,加上两口子手脚勤快,招呼客人得体又热情,小店的生意从开张第一天起就一直很红火。

一个月以后,朱老汉看看小张两口子做顺手了,不管他们怎么挽留,坚决回了乡下老家。

朱老汉刚走的时候,两口子还有些担心,朱老汉会不会还留了一手?直到后来顾客都称赞他们的手艺和朱老汉不相上下,小店的生意也越来越好时,他们才相信朱老汉真没藏私,反倒为自己的无端猜疑面红耳赤。

到年底的时候,两口子去了趟乡下,他们要当面谢谢朱老汉的知遇之恩。

谁知还没有跨进朱老汉家的门,就见从屋里走出一个目光呆滞的年轻人,见了小张他们也不打招呼,一屁股就坐在地上晒太阳。

两口子很诧异,朱老汉和他老伴赶紧迎了出来。朱老汉把小张两口子介绍给老伴,老伴又伤心又不好意思地说:"这是我们的儿子,唉,孩子他爹原说过年时要带钱回来给儿子治病的,没想人没回来,钱也没寄回来,把事情给耽误了……"

小张一听,吃惊地问朱老汉:"大叔,你不是说先寄钱回家的吗?"

朱老汉张了张嘴,欲言又止。

这时候,只见小张突然两只手抱住头蹲到了地上,泪流满面地说:"大叔,我……我对不起你啊!我对你实说了吧,其实那两箱铜板根本就不是老板给我抵工钱的，是我一时糊涂，从工地上拿的……"

此话一出，谁都愣住了！

小张的妻子柳眉倒竖，跺着脚朝小张直嚷："你看看你干下的好事，你把大兄弟都害成啥样了？你对得住大叔吗？"

没想朱老汉却在边上拉了小张妻子一把："别说他了，这事儿我早知道。"

朱老汉把小张从地上拉起来，说："我也实话对你说了吧！那天回去之后，我发现你外套在我车上，而且口袋里还有那么多钱，我想你又不知道我住哪里，怕你发现丢了东西会回工地去找，就赶紧去那儿等你。结果刚赶到那儿就被一帮家伙打了，车也被砸坏了，他们说我怎么又来偷铜板。我一听这话就知道你干下了啥事儿，可我想，你能救我的命，你这人肯定坏不到哪儿去，也许是遇上难事儿一时着急，才做下糊涂事。那帮人非要我加倍赔铜板钱不可，我想来想去，就把给儿子看病的钱赔出去了。我寻思着，儿子的病或许还可以再拖拖，可如果不把钱赔出去，万一他们真把你盯上，背了贼名，只怕以后你就真成贼了……"

朱老汉说到这儿，小两口早已感动得泣不成声，两个人拉着朱老汉的手说："大叔，从现在起，您和大婶就是我们亲爹娘，给大兄弟治病的事，一定包在我们身上。"

从此后，不管店里生意有多忙，每逢过年过节，两口子一定挤时间带着大包小包往朱老汉家赶，说是回家看爹娘来了。他们还四处寻医问药，治好了朱老汉儿子的病，把他带到店里做了帮手。

朱老汉逢人就说："怎么样，我没看错人吧？两口子都是好人呐！"

（廖　华）

（题图：刘斌昆）

君 子 誓 言

"言九鼎、诺千金",能担得起这响当当一句话的,才称得上是坦荡君子所为。

跟你学做人

　　司机纪良一早去送货，经过一个小村，看见一位拄着拐杖的白胡子老人正要横穿公路，他鸣了声喇叭，让那老人停步，老人大概没有听到，低着头还是往前走。纪良赶紧刹车，车紧贴着老人停了下来，但不知是老人受了惊吓，还是车碰了老人的拐杖，只见老人身子摇晃了一下，一歪便倒在了地上。

　　纪良吓坏了，急忙下车扶老人，又拾起拐杖交到他手中。他见老人手摔伤了，关切地说："大爷，这里附近有个卫生所，我扶你去擦点药吧？"

　　老人看了纪良一眼，勉强笑了笑，说："擦破点皮，没事的……你快走吧，别耽误了事。"一边说，一边就捂着胸口弯下了腰。

纪良见老人脸上的表情十分痛苦,忙扶住他,坚持要送他去卫生所。

老人连连摇头:"我老毛病了,一会儿就会好的。"停了停,他又说,"那个卫生所我知道,熟门熟路的,我自己能去,你快走吧。"

纪良抬起手看了看手表,说:"那也好。大爷,我车上这货,按合同今天中午必须送到,那我就先去送货了,回头我一定再来看你,好吗?"

老人连连点头:"刚才的事不怨你,你快走吧,别误了公事。"

纪良把老人扶到路边坐下,说:"大爷,你先坐这儿再歇歇,待会儿去卫生所慢点儿走,我送了货就来卫生所看你。"说完,他跳上车,急急地开车走了。

到达目的地,纪良卸下货,赶紧去街上商店里买了点老人吃的东西,随后就匆匆往回赶。等赶到小村时,天已将近黄昏了,他把车停在路边,就直奔卫生所去打听老人的病情。

真是天下巧事多!想不到卫生所的大夫竟是纪良高中时的农村同学,叫李峰。两人一见面都挺高兴,聊了几句,纪良就迫不及待地问起早上发生的事情,向李峰打听老人的情况。没想李峰又是摇头又是摆手,对他说:"你别自寻烦恼了,这户人家你不能去。"

这事儿又是巧了!原来那位老人正是李峰的同族叔叔,患心脏病多年了,经常来卫生所拿药。今天上午来,他让李峰在手上擦了点红药水,说是在公路上摔倒了,险些被车压死。当时李峰也没在意,不料老人回去后,听说下午就突然发病去世了。老人的儿子是村里有名的"惹不起",孙子更是蛮横得出名,村里人都怕他们,纪良去这样的人家,肯定是凶多吉少。

李峰叫纪良快走,纪良却觉得老人虽然是自己摔的,但总和他的车有点关系,如今老人去世了,不去看看,良心上实在过不去。他把这意思和李峰一说，李峰着急地劝他说："你现在去他家，他儿子、孙子肯定会赖上你，说老人就是你撞的，不仅要揍你，还会讹你的钱。"

纪良听罢，苦笑着摇摇头，说："我反正壮实，他们要揍就揍呗。说实话，就是真要赖我、讹我也不怕，国家有法律，再说，还有你这位大夫当证明人嘛！"

李峰还要劝，纪良说："伙计，我知道你好心，可你别劝我了，今天要是不去吊这个孝，我这辈子是不会心安的。"

李峰看着眼前这位老同学，不由长长地叹了口气，说："你怎么一点都没变？还像读书时一样，死心眼儿！算了，难得你有这份心，我陪你去吧！"

李峰于是就领着纪良来到老人家里，只见老人的尸体停放在堂屋中间，一家人正围在一起说着什么。纪良进屋就跪倒在老人面前，李峰刚开口说了几句，老人的孙子立刻怒气冲冲地冲上来，一把揪起纪良，当胸揍了两拳。

李峰见纪良挨了打，忙一把拉住老人孙子的胳膊，刚要说话，不料脸上也被重重打了一巴掌。老人的孙子骂道："这小子撞死我爷爷，你还敢领他来我家？老子饶不了你！"他一边骂着，一边举起拳头还要打。

这时，一位老太太从屋里颠出来，朝孙子哭喊道："你这混账东西，爷爷的话你不听了？"老太太说着，又朝里屋喊道："你们两口子快出来，不听你爹的话，我也不活了！"她说着，就将自己的头往墙上撞。

纪良见老太太这个样子，猛地从孙子手里挣脱出来，冲上去一把拉住她。

这时候，老人的儿子和媳妇哭着从里屋出来，双双跪在老太太面前。媳妇说："娘，你别生气，俺听你的话，听你的话啊！"

老太太慢慢转过身，拉着纪良的手说："孩子，让你受委屈了……"她抹着泪说，"老头子去世前说了在路上摔倒的事，他说如今司机开车出了事，恨不得找理由把责任全推干净，可他的事不怨你……他交代过，你要是真来了，一定就是个难得的好人，他求你答应一件事……"

纪良听得泪流满面，忙问老太太："什么事，你尽管说！"

老太太抽噎着说："老头子说了，让俺把这个管不好的孙子交给你，请你收他做徒弟。"

纪良一听愣住了。

老太太见纪良不说话，急了，都差点儿要在纪良面前跪下来，"老头子闭眼睛前就是放心不下这个小子，他千叮咛万嘱咐，让孙子跟着你学开车，学做人。孩子，你……你不会不答应吧？"

老太太话刚说完，她儿子走过来，对纪良说："兄弟，我替俺爹求你了！唉，都怪我自己，儿子从小跟我学坏了，你就帮帮我吧，别让这小子再混了。"说罢，他回身把自己儿子拉过来，硬按着他的肩，父子俩双双跪倒在纪良面前。

纪良再也忍不住了，他跪倒在老人面前，放声大哭起来……

（尹洪林）

（**题图**：魏忠善）

讨债者

　　安生到城里打工已经两年了,苦吃得不少,但是钱却没挣几个,到现在还只是个送水工,成天骑着自行车给人送纯净水,不论白天还是黑夜,有电话就得出门。

　　这天下午,安生又累又心烦,关了那个配给他的"送水专用手机",在护城河边溜达了一圈。转眼天就黑了,他拐进一家小酒馆,要了盘猪头肉,外加一小碟花生米,打了半斤"烧刀子",一个人喝起闷酒来。

　　此刻,灯光昏红的酒馆里,安生并不是唯一的酒客,还有一个占着他对面那张桌,是一个中年人,看上去很清瘦,这人桌上就一盘花生米,酒倒是一大碗,不时抿上一口。除此之外,酒馆里再没了别的酒客,空气显得有点沉闷。安生喝着闷酒,越发觉得自己命运不济,止不住泪水潸然。

这时,对面桌上那个酒客突然发话了:"借酒浇愁,愁上加愁。小伙子,有什么伤心事?"

安生抬眼看去,见他正双目炯炯地看着自己,便苦笑着摇摇头:"没……没什么,心烦。"

那酒客说:"看你年轻轻的,有什么过不去的事? 不开心的时候,快快乐乐地喝上两碗,一切就过去啦!"

安生来城里两年多,还是第一次见有人这么关心地和自己说话,心里顿时生出一股暖意,于是便把憋闷在心里的烦恼一股脑儿全说给了这位酒客听。说完,他觉得心里轻松多了。

就这样,安生和这位酒客交上了朋友。酒客告诉安生,他叫张一民,也是外地人,刚来城里的那段日子过得比安生还苦,所以非常能够体会安生现在的心情。

难得遇到这么一个知音,安生不由豪爽起来:"我叫安生,既然一个屋子喝酒,也是一种缘分,今晚上就算我请你了!"

张一民也不客气,只说菜不必了,再来一斤酒就是。

酒过两巡,安生问:"张大哥在城里干什么呢?"

张一民说:"以前做点小生意,贩卖果子狸、穿山甲什么的。"

安生一听,惊叫起来:"这可是犯法的事啊!"

张一民点点头说:"是啊,所以我后来就不干了。"

安生立刻端起酒碗敬张一民一杯:"张大哥今后若有用得着小弟的地方,只管吩咐,谁让咱们是同命人嘛!"

张一民眼睛直勾勾地看着安生:"安老弟说的可当真?"

"那当然! 你还真有事?"安生这么问的时候,他心里其实有点后悔:都怪刚才酒迷了心,嘴巴少了遮拦,自己屁股上还在流血,却要去帮人家医痔疮。

可张一民却被安生这么一问问得满脸欣喜,说:"我倒是真有件事,不知道你肯不肯帮忙。"

"什么事?"安生心里有点慌。

张一民说:"讨债。别人欠了我一笔钱,说少也不少,说多也不多。因为一直要不回来,本来就想算了,可终究是自己辛辛苦苦挣来的,心里老放不下。"

安生问:"多少?"

张一民说:"一万五。如果安老弟能帮我讨回来,我按百分之二十的比例给你酬金。"

安生一听,想着自己这两年也没挣下多少钱,如果能讨到这笔债,拿到三千块酬金,也算淘到了第一桶黄金,于是就答应说:"好,我帮你去讨。欠条呢?"

张一民朝安生两手一摊,说:"欠条没有,可是我想,他应该不会赖账吧? 他叫李东,住在小南街 12 号。如果他说'记不得了',那你就对他说,'搭三路车,到西园酒店,穿山甲五只,娃娃鱼两条'。要到了钱,你就给我送到憩园 54 号来。"

张一民交代完,两个人又接着喝,一直喝到大醉,最后是怎么回去的,事后安生一点都想不起来。

第二天中午,安生把自己送水的差事办完,就赶紧抓空去张一民说的小南街 12 号,找那个叫李东的人。

李东问安生:"你找我有什么事?"

安生说:"要债。"

"要债?"李东"扑哧"笑起来,"我什么时候欠你钱了?"

安生摆出一副"混迹江湖"的表情,说:"我是替张一民来要债的!"

李东一听,惊诧地看着安生,一时竟不知道说什么好了。

安生冷眼乜斜着李东,说:"你不会记得吧? 搭三路车,到西园酒店,穿山甲五只,娃娃鱼两条。"

没想李东一听这话就身子哆嗦,慌忙进屋拿出一迭钱来:"这是一万五,你快拿去。"

安生没想到这么容易就要到了钱,简直是心花怒放。回去的路上,他不由起了歪心思:我何不将这钱留下来呢？他仔细回想自己昨晚前前后后对张一民说过的话,好像并没有告诉他自己住在什么地方。真要把钱拿了,张一民又能怎么样呢？

想到这儿,安生就决定把钱截留下来。但毕竟是做亏心事呀,所以他很害怕会在大街上碰到张一民,出去送水的时候,他就故意戴一副墨镜,还将帽檐拉得很低很低。

一晃过去了一个礼拜。

这天晚上,安生正准备关掉"送水专用手机"上床睡觉,铃声突然响了,他拿起一接听,是要水的,地址:大名公寓四楼5号。对方说话很简短,说完就把电话挂了。

大名公寓距离安生住地很远,差不多要横穿整个城市,但是人家既然打了电话,按规定就得把水送去。安生无可奈何地叹了一声,只好骑上自行车出发。找到大名公寓,安生喘着粗气将水桶扛上四楼,在5号门口摁了半天铃也没人来开门。这家人怎么这样？叫送水,却又不等着,真是一点公德心也没有。安生无可奈何,只好坐在门口等这家主人回来。

这时候,有个人上楼来,安生以为是主人回来了,忙站起身,却不想人家还继续往上爬楼,还一边走一边回头看安生。最后,他大概是实在忍不住了,问安生道:"你在这里干什么？"

安生说:"送水。"

那人问:"给哪家送？"

安生指指5号的门。

谁知那人竟用古怪的眼神上上下下打量着安生,嘴里骂了一句:"神经病！"

安生丈二和尚摸不着头脑:我怎么神经病了？想冲上去回骂几句,看人家已经上了楼,只好作罢。可是等啊等,足足等了一个多小时,5号主人还没回来,安生实在等得不耐烦了,只好扛起水桶下楼回去。

没想刚走到底楼,他的手机铃声又响了,一看显示号码,就是先前打电话要水的 5 号那家,安生怕自己记错,就接听道:"纯净水公司,请问哪里要水?"

"大名公寓四楼 5 号。"对方说完,没容安生再问,就挂断了。

安生灵机一动,马上回电话过去,可是只听到铃响,却没人接听。安生顿时火冒三丈:你这不是捉弄人吗? 他压住火气,扛起水桶"哼哧哼哧"上到四楼,来到 5 号门前,摁了几下门铃,见还是没有动静,就举起拳头拼命敲起门来。

这一来把左右上下邻居都惊动了,刚才骂安生"神经病"的那人也从楼上下来,问安生:"你到底想干什么?"

安生气愤地把事情前后经过说了一遍,想叫大家给评评理,可没想大家一听,个个脸上露出了惊惧的表情。

楼上那邻居对安生说:"小伙子,你听了可别吓着! 我实话告诉你吧,5 号这屋里的人,在一个月前就出车祸死了。"

"什么?"安生一听,倒吸了口凉气,"一个月前就死了?"

楼上邻居肯定地点点头。

不用再多问什么,大家脸上的表情其实也已经告诉了安生,这是一件多么恐怖的事情。

就在这时候,安生一眼瞥见 5 号门框边上贴着一张水电费催缴单,上面的名字差点没把他唬晕过去:张一民。安生顿时吓得水桶也顾不上扛了,飞也似的逃下楼去,骑上自行车就跑。

这一夜的恐惧,自不待说。好容易等到天亮,安生就去小南街 12 号找李东问个究竟,谁知李东见了安生竟然尖叫起来:"鬼啊!"

安生把昨夜的遭遇给李东一说,李东才半信半疑地告诉安生:"张一民是我以前的一个生意伙伴,由于查得紧,我们贩卖野生动物的生意很难做,不仅没赚到钱,反而还总是亏。那天,我跟张一民借了一万五千块钱,去还过去的旧债。临别的时候,张一民叫我顺便去送货,你说的'搭三路车,到西园酒店,穿山甲五只,娃娃鱼两条',就是他最后给我说的话。后来他出车祸死了,我想那一万五千块就不用还了,没想到他……"

安生终于明白了:自己遇到的那个"张一民",见自己和他当年境遇差不多,就有心想帮自己一把。可自己却被钱蒙了心,贪了不该贪的财,他这是来找自己算账了。

安生心里懊恼啊,回想当时在小酒馆里张一民说起过的"憩园54号",他怀着惊惧和敬畏之心去买了一束鲜花、一瓶酒,立刻一路寻找了去。原来,那里竟是城西的一座公墓,54号墓地,碑上正刻着"张一民"的名字。安生在张一民墓前的地上掘开一个洞,将一万五千块钱埋藏进去,然后敬花、洒酒,给张一民恭恭敬敬地鞠躬祭拜。

回来之后,为了压惊,安生找了个地方喝酒,当然不是在护城河边那个小酒馆,那地方他是绝对不敢去了。这晚上的酒,安生喝得很不自在,老感觉张一民会突然出现在自己身后。

喝完酒回去,夜已经很深了。当他推门进屋,开灯一看,惊呆了:床前桌子上,整整齐齐地放着一迭钱。他浑身哆嗦着走过去,拿起这迭钱,不敢数,也不用数,准是三千块。

不过放了几天,安生还是忍不住把这迭钱数了一遍,却发现不是三千块,而是三千一百块。怎么会多出一百块来的呢?想着想着,安生忽然明白了:这一百块,是自己给张一民上坟买的鲜花三十元,酒三十元,剩下的正好是那天晚上在小酒馆里安生请张一民喝酒的钱!

人情、酬金,他们算是两讫了。安生背叛了张一民的好意,张一民不屑交安生这个朋友。

(安昌河)

(题图:魏忠善)

渔　竿

　　克拉克先生酷爱钓鱼,每个星期天都会到离家很远的一个小湖边去过钓鱼瘾。

　　这个星期天,克拉克像往常一样又来到那里,他先把他那根价格昂贵的钓竿甩上湖面,又打开一罐啤酒,然后就在湖边坐下来,一边喝酒,一边悠悠地钓起鱼来。

　　以往这个地方很少有人来,可今天湖对面却多了一个男孩,十五、六岁的样子,只见他拿出一根普通钓竿,动作熟练地把钓线甩进湖中,然后也在湖边坐了下来。

　　男孩发现了克拉克,顽皮地朝他做了个鬼脸,好像是在向他挑战。克拉克于是就向男孩攥了攥拳头,表示应战,不过他心里根本没把这小男孩放在眼里。

　　时间一分钟一分钟地过去了,克拉克忽然发现情况不对:今天这湖里的鱼好像故意在跟自己过不去,很长时间也没有来咬钩;后来好不容易钓上来一条,竟然小得连中指都不到。这可是克拉克钓鱼史上从没有过的纪录!

　　再看对面,却又是另一番景象。那男孩就像是施了魔法,没一会的时间,一磅左右的鱼就被他钓上了七八条。更可气的是,他钓到的那些巴掌大的小鱼竟然都不要,冲着克拉克笑笑,然后就把它们又扔回湖中。

　　快到中午了,克拉克收获寥寥,而那男孩却大获全胜。克拉克收了钓竿,喘了口粗气,然后朝对面男孩大叫道:"小子,等吃完午饭我们再来……"

　　男孩笑了笑,朝他打了一个 OK 的手势。

　　克拉克拿出带来的三明治吃了起来,偶尔一回头,他发现对面那男孩不见了,估计可能是回家吃饭去了。克拉克忽地计上心头,他三步两步来到对面那男孩钓鱼的地方,从地上捡了很多石块,拼命往湖里抛,然后乐呵呵地跑回来。

　　很快,男孩回来了,下午的比赛继续进行。克拉克的诡计果然生效了,那个男孩再没能钓上一条鱼,而克拉克频频抬竿,不一会鱼篓里就装满了。克拉克高兴坏了,干脆卷起裤腿,下到冰冷的湖水中,希望钓到更大的鱼。

　　克拉克正在兴头上的时候,突然感到两条腿钻心般的痛起来,他知道这可能是因为自己在冰冷的湖水里时间长了,想赶紧上岸,可是两条腿已经不听使唤了,而且就连身体好像也支撑不住,就要跌倒了。他赶紧抛开钓竿,用两只手保持平衡,嘴巴里拼命喊:"救命啊! 救命!"

　　湖对面的男孩看到克拉克这个样子,赶紧拿着钓竿奔过来。不过,他并没有马上搭救克拉克,而是站在湖边笑着问他:"喂!你说,你刚才做了什么亏心事?"

克拉克还想嘴硬:"我……我能做什么亏心事? 我钓鱼的技术就是……就是比你好!"

"那好吧! 你在这里继续玩,我可要回家了!"男孩说完,扭头就走。

克拉克急了,赶紧大喊道:"等等! 我……我刚才在你那边扔了石头。我作弊了,快救救我……"

男孩这才走近前来,对克拉克说:"拿住你的钓竿,把它伸过来!"

克拉克一把抓过还在身边漂着的钓竿,把它伸向湖边。男孩一看,向后退了两步,然后"刷"地把自己手里的钓竿往湖中一甩,两根钓竿的鱼线正好缠在了一起。就这样,克拉克借着两根钓竿的力量,终于回到了湖边。

克拉克大叫一声:"谢谢你! 孩子。好吧,你说你想要什么,我都会答应你!"

"真的? 那我让你再跳到湖里去,好吗?"男孩打趣地说着,看到克拉克傻愣在那里,忍不住大笑起来。

克拉克也笑了,问:"你这一手是跟谁学的?"

男孩说:"我爸爸,是他教我的!"

"哦! 那我想,他一定是个很了不起的人!"

"可他就要去坐牢了。"

克拉克吃了一惊:"为什么? 他犯了什么罪?"

男孩告诉克拉克,他爸爸叫库克,在一家私人公司任职,任劳任怨地干了很多年,可从来没有加过薪水。因为家庭负担很重,爸爸背了很多债务,然而老板对此漠不关心。最后,爸爸实在被逼无奈,用出卖公司的一个商业秘密换了一笔钱。后来这事被查了出来,老板说要起诉爸爸,如果真是这样的话,那么爸爸这辈子就算完了。

说到这里,男孩拿起两根缠绕在一起的渔竿,说:"其实我爸爸就像是刚才的你,他作弊了,可他的老板没有给他钓竿!"

克拉克问:"孩子! 快告诉我,你在哪里住?"

"离这里不远。你想到我家里坐坐吗?"

"不,不,我还有很重要的事要去办。"克拉克拍拍男孩的肩,"我向你保证,你爸爸不会被开除,更不会被起诉,他会像以前一样工作。"

克拉克说着,收拾了一下,就上车走了。

当他的车开出去不远,只听男孩在后面大叫:"可是,你还不知道我爸爸在哪家公司……"

克拉克把头探出车窗,对男孩说:"你放心吧,我一定说到做到!"克拉克肯定能做到,因为库克正是他公司里的职员。

第二天上班后,克拉克在公司里当着全体同事的面赦免了库克,并许诺给所有人加薪,他赢得了从未有过的热烈掌声。随后,克拉克把库克叫进了自己的办公室。

"我真不敢相信。老天! 我会加倍努力的,谢谢你老板!"库克诚恳地说。

克拉克朝他摆摆手:"这没什么,我只不过给了你一根钓竿而已。这都是你儿子的功劳,请你回去代我谢谢他!"

谁知库克一听,却朝克拉克耸了耸肩膀:"我儿子的功劳? 老板,我儿子他……他才刚刚满月呀!"

"什么?"克拉克愣了一下,"你是说……你儿子……老天!"克拉克从椅子上跳起来,狠狠拍了下桌子,说,"库克,听着,你去告诉公司里所有的人,叫他们立刻停止手头的工作,帮我到湖边去找另外一个库克,我答应了那孩子,我答应了那孩子的……"

(建　霖)

(题图:箭　中)

阿里的任务

　　故事发生在非洲一个小国。

　　有个叫"多克"的大叔，住在乡下。一天，他的儿子巴德从城里捎来口信，说急需二万先令，让他赶紧派人送去。多克大叔顿时犯了愁，他岁数大了，腿脚不灵便，让谁代他去送这笔钱呢？要知道，二万先令可不是个小数目啊，它可以换六百只羊或一百匹马呢！

　　想来想去，多克大叔想到了阿里。阿里是个热心肠的小伙子，虽然家里穷，但是平时为人正直，讲义气，而且体格强健，把这件事托付给他，一定不会有什么问题。于是多克大叔把阿里请来，试探地问他，愿不愿意替自己带点钱给城里的儿子。

　　阿里二话没说，爽快地答应了。

多克大叔犹豫了一下，决定告诉阿里这笔钱的数目。如果他不贪，一座金山也不会让他动心；如果他想据为己有，那一分钱也不会嫌少。于是多克大叔小心翼翼地对阿里说："小伙子，这笔钱有二万先令，路上可千万不能大意呀！"

一听说有这么多钱，阿里吓了一跳，不过他见多克大叔用期待的眼神望着自己，便拍着胸脯说："大叔，你既然信得过我，我一定会分文不少地把它交到巴德兄弟的手里。"

第二天一早，阿里接过多克大叔装有二万先令的小包裹，把它紧紧地缠在腰上，然后就出发了。到城里需要翻过两座大山，如果顺利的话，早晨出发，晚上太阳落山之前就可以赶到了。

一路上，阿里始终大踏步地向前走，到临近傍晚的时候，他已经能远远看到城里高楼的尖顶了。可是就在这时，从远处传来一阵急促的马蹄声，不一会儿，就见十几匹快马到了他跟前，马上全都是穿蓝制服的士兵。

一个上尉上下打量了一下阿里，用马鞭指着他说："你，现在是我的手下了！"

阿里说："很抱歉，先生，我不能当您的手下，我要赶到城里去完成一项很重要的任务。"

上尉一听，哈哈大笑起来："任务？我告诉你，小子，我们刚刚推翻了国王的独裁统治，一个新的国家就要诞生了，你现在的任务就是跟我们一起革命。否则，你就是老国王的支持者，我马上把你枪毙了！"

在士兵们的逼迫下，阿里只得参加叛军，可他心急如焚，多克大叔托付给自己的事儿还没办成呢！万一自己被乱枪打死，岂不是辜负了他的期望？不行，他在心里对自己说："我一定要活下去，一定要想办法逃走！"

这天，部队在一处原始森林附近扎营，晚上阿里趁守卫不备，悄悄溜出了营房。可是他才跑出没多远，后面就传来了枪声,显然是被发现了。阿里赶紧一头扎进原始森林,拼了命地往前跑,只求能躲过追兵。

不知跑了多长时间,直到后面什么声音也没有了,阿里才停下脚步。这时,他觉得累极了,就爬到一棵高大的树上,用腰带把钱和自己身子都捆在树上,然后呼呼地睡了一觉。醒来时,阿里发现森林里仍是黑漆漆的,只有透过树叶漏下来的几点光告诉他,天已经亮了。阿里估计部队已经走远,便决定走出森林去。可麻烦的是,这时候他发现,自己迷路了。

要想从原始森林里走出去,可不是一件容易的事。阿里成了森林里的"野人",他吃野果,睡野草,钻木取野火,有时逮一两只小动物充饥,还要千方百计躲开野兽的袭击。他身上的衣服被挂得一缕一缕的,他干脆把它们扔了,用藤条和树叶把自己身子围起来,只有那个装钱的小包还保存得好好的。阿里总是想:"这是多克大叔的二万先令,我得把它送到城里巴德的手里。上帝保佑,别让我把它弄丢了!"

阿里没有手表,也不知道过去了多少天,他以为只要照直走,总有一天能走出原始森林去,所以除了睡觉和吃东西,其他时间他都朝着一个固定的方向走,用匕首割断拦路的荆棘,每走一段距离都要做下记号。

可谁知,在长途跋涉了几天几夜后,阿里竟然看到了自己曾经做下的记号。也就是说,他其实是在森林里兜圈子!阿里不信邪,又往前走,可是几天以后,他再次回到了原地。阿里心里不禁恐慌起来:难道自己真就走不出森林去了吗?

阿里伤心地哭起来,一边哭,一边看着自己的脚。可是看着看着,他突然发现了问题!他一直以为自己是在走直线,可是他的脚并没有照直走,因为体格的原因,他的右脚总是比左脚迈出的步伐大那么一点儿,虽然这中间的差距小得几乎看不出来,但这些差距一点一点累积起来,他无意中就会越走越向左偏,最后就会兜一个大大的圈子回到起点。

想明白原因以后,阿里禁不住哈哈大笑起来,笑声震得树上的叶子"哗哗"地落下来。阿里从地上捡起一根树枝,用它来仔细测量了一下,果然量出了自己右脚与左脚迈出的步伐间那个微小的差距。他脑子一动,估计自己每走一百步,就会向左偏离一步,于是重新出发以后,他每走一百步,就特意向右横跨出一步。

就靠着这个笨方法,阿里不在原始森林里转圈了,一天又一天,他发觉树木渐渐稀疏起来,终于有一天,他走出了原始森林,真是千辛万苦哪!这时,他身上裹着树叶,脸上的胡子已经长得和头发连在了一起,走进一个村子时,那些小孩见了他吓得四散奔逃,大人们也赶紧拿棍棒和锄头自卫,他们都把他当野人了。

阿里费了好大劲才让大家明白是怎么回事。村民们告诉他,从他逃跑时算起,已经整整过去了两年,战争在几个月前就结束了,叛军被打败了,国家又恢复了秩序。阿里听了可高兴了,再也不会有恶狠狠的叛军要处决他了,他可以大着胆子去城里,把钱交给巴德。

他问清了道路,发现这里离城里其实已经不远了,三四天就可以赶到。阿里剃了胡子理了发,穿上村民们送给他的衣服,带上干粮,一天也不耽搁,就奔城里而去。一路上,阿里饿了啃几口干粮,渴了讨杯水喝,也不乘坐任何交通工具,因为没钱——兜里那二万先令是多克大叔给儿子的,他当然一分钱也不能动。

上帝保佑,巴德还住在原来的地方,当他听说阿里是来给他送钱的时候,惊讶得张大了嘴巴。他当时还跟爸爸打过赌,说阿里肯定是拿着钱跑了,后来多克大叔不得不认了输。不料两年后,阿里竟然会把钱送来!

巴德把阿里迎进客厅,然后听他讲述这两年来的遭遇,忍不住眼圈就红了。他为阿里倒了一杯酒,递给他,满怀感情地说:"兄弟,我真不知道该怎样谢你!你可能不清楚,我现在是多么迫切地需要这笔钱。"

阿里高兴地笑了，他骄傲地接过酒杯，一饮而尽，说："这就好，没有耽误你的正事。既然任务已经完成，我得告辞了，我已经两年没有回家了。"

巴德忙说："等等！我得给你点什么作为酬劳……请把我的马牵走吧，如果你不喜欢，尽管把它卖掉。我知道，这点酬劳跟你所付出的代价相比，实在算不了什么，但我只能做这么多了。"

阿里激动得有些手足无措，他以为巴德至多给他几先令小费，没想到却是一匹马！他知道，市场上这样一匹马至少值二百先令。"巴德先生，这个酬劳已经够贵重的啦，我真不知道该如何谢你！"阿里牵着毛色油光发亮的马走出了巴德的家，他决定把马卖掉，先好好地吃上一顿，然后再给自己买一身新衣服。

阿里把马牵到市场上，一个马贩子仔细看过了他的马后，开价道："二十万先令。"

阿里大吃一惊：二十万先令？天哪，自己给巴德捎去二万先令，他竟然送给自己一匹价值二十万先令的马？什么马能值这么多钱呢？

"先生，你能否给我解释一下，"阿里急切地问，"这匹马有什么特别，为什么会值这么多钱？"

那马贩子像看外星怪物似的盯着阿里看了一会，说："它只是一匹普通的马，我给的这个价也很合理，不多不少啊！"

阿里越发糊涂起来："如果一匹普通的马就值二十万先令，那二万先令可以买些什么呢？"

马贩子吃惊地叫起来："先生，你不会是刚从沙漠里跑出来的吧？自从战争结束后，钱就贬值了，二万先令就只能买到一顶帽子啦！"

（民　子）

（题图：箭　中）

抱 诚 守 真

为人处世,总有些原则,比如真诚,是需要你去坚守的。如若不然,必会抱愧他人,更将愧对自己。

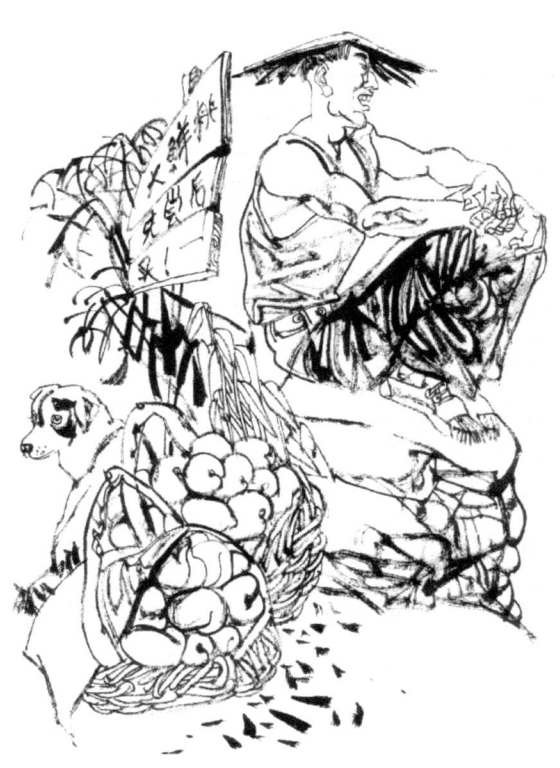

　　曾平和李文,家道都比较富有,曾平长女端姑与李文的儿子长郎同年出生,在襁褓中即结为"娃娃亲"。长郎生性聪慧,端姑眉目如画,两家孩子从小就在一起玩耍,见到的人都说他们是天生的一对。

　　没过多久,一场战乱波及该地。曾平听到消息,预先带领家眷和金银细软远避他乡,而李文一家因迟走一步,则被军队掳去。过了几年,战乱平息,曾平回到家乡,没有打听到李文的消息,而此时端姑年已十七。

　　曾平对妻子说:"李家恐怕没人在世了,端姑年龄已大,守着长郎不是办法,不如改许他人为妙。"可妻子不同意,说:"长郎是死是活我们还不清楚,万一他回来,你怎么办?等三年吧,等到端姑二十岁,如果再无消息,改配也不晚。"

这话说了不到一年,长郎回来了。原来,他们一家被军队掳去后,父母都在路上病死了,只有他一人活了下来,军官见他能写会算,非留他当账房先生不可,而且对他看管甚严,直到最近这支队伍打了败仗,长郎方才趁隙逃了出来,一路讨饭,回到家乡。此时,家里房屋已全部被烧毁,连个栖身的地方都没有,长郎伤心之余,想想曾平以前与自己父亲交情很深,并且又是自己未来的岳丈,便来投奔曾家。

长郎见了曾平,伏地大哭。曾平见他衣衫褴褛,心中顿生鄙弃之嫌,但不好当面表露,只好佯装高兴,把他拉起说:"回来就好,回来就好。不知你父母怎么样了?"长郎哭道:"父母已经亡故。"曾平摇摇头,叹一声:"唉——看来你是无家可归了。这样吧,小妮子素来要强,虽然早已许你为妻,恐怕现在也不肯作庸人之妻。你小时候聪慧能文,从此干脆闭门读书,整理旧业,倘若考得功名完婚,岂不更为光彩?"长郎点头应允:"求取功名,这正是孩儿的志向。丈人教训甚善,孩儿敢不从命?"从此,长郎便在曾家勤奋攻读。

表面上,曾平似乎对长郎爱之甚深,课读甚严,可实际上,由于长郎家道败落,曾平已有了退婚之意,只是一时没有找到合适的人选,故暂不作声。

当时,邻乡有个刘大郎,出身于世代官宦之家,家道非常殷实,他性格刚直,豪放不羁,加之自己又立有军功,因而平时为人非常自负,乡人便给他起了个"刘霸王"的外号。长郎回家这一年,正好刘霸王妻子亡故,要择继室,曾平一直羡慕刘霸王的威势,听到这个消息,竟一人悄悄来到刘府提亲。

刘霸王感到非常惊诧:"久闻令爱大名,并知其幼时已许配有人,今天你怎么来跟我开这样的玩笑?"曾平于是便假说长郎已写退婚之书,眼下考虑到与他父亲交情很深,暂且留他在家,但翁婿之义已经断绝。刘霸王早就听说端姑才貌出众，只是因为许了长郎，不敢乱作妄想，如今见曾家竟然把姑娘送上门来，不觉大喜，遂与曾平订立婚约。

回到家里，天已黑了，曾平想来想去，这事还得与妻子说。谁知刚一张口，妻子就涕泪横流："咱们做这样的事，皇天若是有眼，决不会轻饶的！"曾平想借刘霸王的说一不二来制服妻子，就故意哭丧着脸说："刘霸王的横暴你又不是不知道，倘若反悔，他会善罢甘休？今天我是骑在老虎背上，你即使不忍伤害女婿，难道就不愿为我想想吗？"妻子长叹，以袖掩面，恨恨而卧。

巧的是曾平夫妻这番对话，正巧被端姑听到，端姑对父亲嫌贫爱富早已心生不满，可万万想不到父亲居然会把自己改配给刘霸王。端姑当机立断，收拾好自己的几件钗钏珠宝，偷偷来到长郎书斋，把父亲的所作所为一说，两人便悄悄从后门溜了出去。端姑说："我有个姑姑，早年守寡，对我很好，咱们投奔她去。"于是，两人便在黑暗中跌跌撞撞朝姑姑家奔去。

第二天一早，曾家发现丢了女儿，长郎也不见了，顿时乱成一锅粥。曾妻哭得死去活来，曾平气得暴跳如雷："这个死妮子！"他猜想他们肯定投奔自己妹妹，也就是端姑说的姑姑家去了，于是急忙喊起家里的长工、短工，带了绳索直奔妹妹家。

敲了半天门，妹妹就是不开。又敲了半天门，才听得妹妹说："我一个妇道人家，不能见你们男人，你们还是回去吧！"曾平大吼一声："我是你哥，谁会说闲话？快点开门。"妹妹还是不理睬他。曾平火了，就命众人破门而入，气咻咻地说："你藏人在家，以为我不知道？快点交出来！""我根本没藏人！"妹妹依然坚持着，但神色却有些慌乱。曾平见状，便不再与她理论，干脆带领众人屋里屋外地搜寻起来。

可搜遍了角角落落，始终没找到半个人影。后来看到下房里有个锁着的大柜，曾平正要叫人打开，谁知妹妹立刻扑了上来,说什么也不肯让开。曾平一怒之下将妹妹拽起,拖到一边,喝令众人用带来的绳子将大柜绑起,抬了就走。曾平心想:家丑不可外扬,干脆把柜子抬到家里,再收拾他们不迟。

可是,曾平万万没想到的是,待把柜子抬到家里打开一看,里面既不是端姑,也不是长郎,却是个和尚,蜷曲着身子,已经断了气。曾平这才明白妹妹死不开门的缘由,只好派人到街上买来一副棺材,将和尚装殓入棺,并派人到刘霸王家报丧,说是端姑暴病已亡。刘霸王接到讯儿,一脸愕然,对来人说:"不知小姐得了什么病,死得如此之快?烦劳你禀报主人,说我一定前往吊唁。"

端姑和长郎不是投奔姑姑家的吗,那么人呢?原来是他们走岔了道,七拐八转,没想竟走进了刘霸王的庄园。端姑没见过刘霸王,不知底里,竟和长郎一头撞了进去。

再说刘霸王,因为聘得端姑,这几天正差工匠粉墙涂壁,准备迎娶。这天他早早起床,亲自督阵,忽见一对少男弱女跟跟跄跄踏露晓行,一问,方知是曾平干下的好事,这对少男弱女就是端姑和长郎。刘霸王沉吟片刻,把两人带回家中,随后吩咐下人:"我的脾气你们都知道,这两个人在我这儿的事你们谁也不准说。否则别怪我不客气!"众人连连点头,可是背后又偷偷议论,都说这对男女运气真是糟透了,逃了一夜,还是跳进了虎口。端姑自不必说,可那个长郎,还不知刘霸王怎么处置他呢!

所以,当曾家人来报丧的时候,刘霸王一点不露声色,下面的人自然谁也不敢吱声。刘霸王心里打什么算盘无人知晓,只见他第二天就带了丧礼到曾家吊唁,神情非常哀伤,而且一定坚持要开棺看人。这不分明是要曾家好看吗?曾平哪里敢应允,于是刘霸王一张状子把曾平告到了县衙,说他将女儿改配他人,故意以空棺搪塞,要求知县开棺验尸。

知县平素敬畏刘霸王的说一不二,于是立即拘拿曾平,并将棺材抬到县衙,当场开棺验尸。这一来,事情自然露了马脚。知县命衙役去拘拿曾平妹妹,谁知妹妹碍于脸面已上吊而亡。刘霸王要知县再审曾平,问他女儿端姑到哪里去了。曾平无可奈何,只好招供端姑已与长郎出走他乡。

知县要曾平限期将端姑、长郎找来归案。端姑、长郎已在刘家,叫曾平从何而找?过了期限,未见人出,刘霸王又到县衙,敦促知县再令曾平寻找。自从牵进官司,曾平到处送钱求情,家业已耗去大半,现在看看端姑、长郎实在无法找到,只好求到刘霸王门上,说愿给他三千两白银,请他撤诉。刘霸王不肯。曾平只好咬紧牙关,再加二千两白银,刘霸王方才答应。

付出这五千两白银之后,曾平家里的田产和房产都已卖尽,富人变成了穷光蛋,曾家只好从深宅大院搬出,到柴间居住。

这天,刘霸王派人找到曾平,说:"我家主人说,你和他虽未结成翁婿,但情义尚在,今日他女儿成婚,请你赴宴。""女儿?刘霸王何曾还有一个未成婚的女儿?"曾平疑疑惑惑,猜不透刘霸王葫芦里卖的什么药,他本想不去,但怕刘霸王怪罪,只好上路。

故事说到这里,您大概已能猜出结果,其实这新郎新娘就是长郎和端姑。刘霸王尽管平日里有点霸气,为人却很刚直,一旦知道了事情真相,哪里容得下曾平一手遮天?他当机立断,收端姑为义女,为他们主婚,并将曾平所送五千两银子全部赠于他们,作为今后生活、读书之资。

刘霸王此举,赢来贺喜宾客一片赞扬声。看到此情此景,曾平想想自己因嫌贫爱富而肆意毁亲,逼走了女儿,害死了妹妹,倾家荡产不说,妻子也因为羞愤难平而饮恨西去。唉,自己还有什么脸面活在这个世上?他顿感羞愧难当,无地自容,不觉头"嗡"的一下昏了过去……

（杨华林　搜集整理）

（题图:黄全昌）

两张借条

　　这天,妈妈把家里那些旧书、旧报纸和破纸箱拾掇出来,想卖几个小钱,不料从床底下拖出个破纸夹来的时候,翻开一看,发现里面搁着一张借条。

　　妈妈叫道:"玲玲,快来帮妈妈看看,这是怎么回事?"

　　女儿玲玲一听妈妈叫,就跑了过来,拿过纸条一看,问道:"妈,张有良是谁? 这人借了爸二百块钱。"再一看借条日期,惊叫起来,"妈,这钱借了有十多年了!"她不由好奇地追问道,"妈,他是咱亲戚吗? 我怎么没听说过这个人?"

　　妈妈似乎想起了什么,摇摇头说:"不是亲戚,他是从农村来的,十几年前借住在咱家隔壁,其实和咱们做邻居也没多少时候。可是有一天他突然来向咱们借钱,你爸说,人家既然开口,一定是遇上难处了,哪能不帮一把?咱们当时也没有多余的钱,你爸就把我们俩厂里刚发的奖金全拿给他了。只是不知道后来还了没还,这事儿都是你爸在管。"

玲玲一听,撇撇嘴说:"不可能还。他要是把钱还了,这借条爸还留着干吗?"

妈妈觉得玲玲的话有道理,于是就叮嘱说:"记着,等你爸元旦回来,这事儿别忘了问问。要真没还,让你爸去找找他。我想起来了,曾经在电视里看到过的,有家好像叫什么利民公司的,老板就是他。"

玲玲一听借钱人是公司老板,不由激动起来:"十几年前借二百块,要按银行利息算,现在该还我们几千块了呢!既然他现在是老板,还我们这点钱有什么难的?我们家现在正缺钱,得去问他要回来!"玲玲把借条往口袋里一塞,说,"妈,爸肯定是不好意思开口。我现在就去找他要,万一爸回来不让,这钱不就要不回来了?"

妈妈毕竟有点犹豫:"你真去找他要?还不知道他现在认不认咱们呢!再说咱也不能像讨账似的开口就提钱,得先探探他口气,看看人家现在啥态度。"

玲玲一听不耐烦了:"妈,你也太爱面子了。你不好意思开口,我来说,到时我把借条一亮,他还能说啥呀?"

玲玲坚持要趁爸爸没回来之前,立刻就去找张有良要钱,妈妈怕她过于莽撞,想想还是和她一起去。

母女俩找到利民公司的时候,张有良正在办公室里批阅文件。妈妈本来还顾虑重重,生怕时隔这么多年,再加又向自家借过钱,张有良会不认自己,可谁知她刚进门,张有良一眼就认出她来了:"哎呀,老嫂子,哪阵风把你给吹来了?"他指指旁边的玲玲惊异地问:"这是闺女吧?这么些年没见,就出落成这么一个水灵灵的大姑娘了?"

张有良又是让座又是递茶,就像见了久别的亲人似的。他这些亲热的举动,反而让妈妈一时不知说什么好了。

没容妈妈说话,张有良就先自我责备起来:"老嫂子,实在对不起啊,这么多年来我也没能去看看你们!"他说话的口气非常亲切,还关心地询问妈妈家里的情况。这番问候,似乎一下刺痛了妈妈的伤心处,妈妈顿时就泪水涟涟,不由向张有良哭诉起来……

原来,玲玲的爷爷是纱厂的老机修工,玲玲的爸爸是纱厂扛大梁的工程师,玲玲的妈妈也在纱厂工作,虽说只是一个普通的挡车工,可年年是厂里的劳模,就连玲玲,卫校一毕业也进了纱厂,在医务室当医生。玲玲的弟弟涛涛刚考上大学,尽管今后干什么工作还是个未知数,但大学生的涛涛是全家的骄傲。一家人生活本来过得挺有滋有味,却不料天有不测风云,偌大一家纱厂竟然说垮就垮了,这一来,全家人的生活陷入了困境。爷爷为减轻家里负担,主动回乡下去了;爸爸虽说被外地一家纱厂请去做技术顾问,一个月能挣千把块钱,可一年只能难得回来几趟;玲玲没了工作,想去南方打工,可是妈妈现在落下了一身的病,她只好留在家里伺候。就这样,现在家里进的没有出的多,日子越过越紧巴,最着急的是,涛涛下个学期的学费眼下还没着落……

平时爸爸不在家,这些苦楚妈妈从来没有向人讲过,可此刻张有良一问,勾起了她满腹的酸水,嘴一张,就像打开了闸门,收也收不住。玲玲在一边听着,心里很难受,对眼前这个借了钱不还的男人越发有气,她干脆把借条放到张有良宽大的写字桌上。

张有良立刻意识到了,他皱了皱眉头,说:"老嫂子,当年我从农村来到城里,两手空空,无依无靠,那天问你们借了二百块钱,我就去买了一辆破架子车,夏天卖青菜,冬天卖水果,说起来,我现在这公司就是靠那辆车起家的。唉,真对不起,这么多年了,我再没顾上去看望老哥和老嫂子,不知道你们日子竟过成这样子。"他说着就拉开抽屉,取出一迭钱,说,"老嫂子,这点钱你拿回去先用着,以后有啥困难你尽管来找我。"

玲玲一瞥眼,估摸着那迭钱大约有二千块,可刚才路上她肚子里早已算过了,按银行利息,这十多年下来,当时二百块现在连本加息,张有良得还四千块呢!

玲玲正要开口,张有良突然转向她道:"闺女要是不嫌弃在我这个私营公司,那你就来我这儿上班吧?"

玲玲没想到来要钱居然还能解决自己的工作问题,顿时喜上眉梢。可她突然又想:你张有良到底是个什么样的人?为什么你现在都自己开公司了,当初借的钱却不主动来还?哼,我可不能让你瞧不起。于是,她就用一种毫不稀罕的口气说:"我现在正上函授大学哩,再说我妈平时也得我照顾,没法正常按时间上下班的。"玲玲说的,其实倒也是实话。

谁知张有良立刻体谅地说:"这好办!我这公司不像机关,你只要能完成交办的任务就行。"

妈妈赶紧推了玲玲一下,说:"还不快谢谢张叔叔,这样的好事你上哪儿找去?"

玲玲这时候不免有点尴尬,不得不对张有良道了声"谢谢"。

又聊了一阵,妈妈怕影响张有良工作,便拉起玲玲要告辞。张有良把钱塞到妈妈手里,可妈妈只从里面取了二百块,怎么也不肯多拿。拗不过妈妈,张有良最后只得把钱收起来。

走出公司,玲玲直抱怨妈妈:"妈,你也太大方了,那钱干吗不拿?我算过了,按理他得还我们四千块,他只拿这点钱出来,还不够本息哩!"

妈妈一听发火了:"你这闺女,人家这么仁义,我们咋能利滚利地跟人家算账呢?"

玲玲一看妈妈生气了,赶紧吐吐舌头说:"算了算了,剩下那钱就算我给他安排工作送的礼吧！"

妈妈一听玲玲这话更火了："你这是什么话？人家那是情义啊！"

玲玲怕妈妈真的生气伤了身子，就不再吭声了。可她心里却赌气地想：现在商品社会讲的是等价交换，别看他安排我工作，付我工资，可这是要我去用劳动换的呀，最终赚的还不是他老板自己？况且，他在妈妈面前说得好听，谁知道他这话是真是假？

想到这一层，玲玲就不想和这个张有良打交道，可是经不起妈妈再三催促，第二天她还是去利民公司报了到。没想张有良果真安排她在公司当统计员，说只要到月底把报表做出来，什么时间来公司都行，连一个月拿多少工资都固定下来。玲玲没想到张有良真给自己安排了这么一份软差使，不但让自己有了一份正式职业，而且一点不影响在家照顾妈妈，继续学习函授课程，她心里不由对张有良改变了看法。

时间过得真快，很快元旦放假，爸爸回来了。可谁知妈妈给爸爸一讲去问张有良要钱的事，爸爸就连连摇头说："糟了，糟了！"

妈妈不解地问："怎么糟了？"

爸爸说："那钱人家早还了！"

妈妈说："还了？那你咋还把借条留着？"

爸爸跺脚说："唉呀，真有你的，干吗不等我回来先问问我呢？人家没过半年就把钱还来了。正好那天你在医院里生涛涛，他来还钱，我一时忘把借条搁哪儿了，他看我正在厨房里忙得团团转，为你弄吃的，就说不用找，以后让我自己把它撕了就得了。他还笑着对我说：'借条在你那里，你总不会再问我要二回账吧？'后来你难产，一下花了五百多，你想想，我一时咋能弄那么多钱呀？还不是他把那钱还来了，我拼拼凑凑的，才一次把医院的账了结了?"

经爸爸这么一提醒,妈妈想起来了:"倒真是有这事儿,看我这记性。"情况一弄清,妈妈反倒为了难,"这可怎么办? 你让我怎么再去见人家? 多不好意思呀!"

爸爸想了想,说:"就因为不好意思,所以我们得赶紧去把钱还给人家。"

事情原来如此,这是玲玲怎么也没有想到的,可是她觉得爸爸太认真,嘀嘀咕咕道:"人家那么大个公司,还在乎这几个小钱? 就是还,也不用这么急嘛!"

爸爸可不容玲玲这么说,脸一沉道:"这是什么话? 咱平白无故怎么能多拿人家的钱? 既然错了就得立刻还。走,现在就去……"

爸爸正说着,弟弟涛涛也放假回来了,进门就对玲玲说:"姐,你出手好大方啊,是不是成富姐了? 你一下哪来这么多钱啊?"

玲玲被说懵了:"你没头没脑的说哪家子话呀?"

涛涛从书包里掏出一张汇款单,递给玲玲说:"还不认账?看,这上面'汇款人'一栏里写的,不就是你现在工作的利民公司吗?"

玲玲接过单子一看:汇款金额五千块,汇款人果真是利民公司。

这时候还是爸爸反应快,脑子一动说:"我估计啊,一准是你们向张有良讲了咱家的困难,人家主动资助涛涛这个特困生了。"

玲玲一听,坐不住了,拉起涛涛说:"走,我带你去利民公司,咱们真的碰上好人了!"

玲玲和涛涛跑得飞快,张有良一见她们姐弟两个走进办公室时激动的样子,便明白是咋回事了。他从办公桌抽屉里拿出一份单子，说："涛涛，你是我资助的第十个特困生，其他九个都是农村孩子。过去我只知道农村孩子求学难，没想到城里也有你们这样的困难家庭。"

张有良说到这里，感情有点激动，忍不住从椅子上站起来，说："我以前家里很穷，中学还没毕业就因为付不起学费，只好回家种地去。我亲身尝过读不起书的滋味，所以现在看到和我当年一样境况的孩子，心里特别痛。我这是向社会献一份爱心，你们不会拒绝我吧？"

面对张有良的这番肺腑之言，玲玲和涛涛一时竟不知道说什么话好，姐弟俩含着热泪向张有良深深鞠了一躬，异口同声地说："张叔叔，谢谢，谢谢你！"

这时，爸爸和妈妈也赶到了。

妈妈对张有良说："他叔，我真是对不起你啊！可你也不该这样啊，你明明把钱还了，怎么不告诉我呢？你让我多难堪啊！"

张有良不由动了情，紧紧拉着爸爸妈妈的手说"老哥，老嫂子，话不能这么说，不到特别困难的时候，老嫂子也不会来找我。我这么多年忙自己的事，反把你们这两位大恩人忘了，我应该向你们谢罪才是，哪能再说别的呀？"

爸爸一眼就看到那张发黄的借条正被张有良压在办公桌的玻璃台板下，就笑着对张有良说："小老弟，你早把钱还给我了，这借条你就自己撕了吧？"

张有良却认真地朝爸爸摇摇手，说："老哥，借条不能撕。二百块钱那时相当于你和老嫂子几个月的工资了，那时我们才做邻居不久，我又是个农村来的，你和老嫂子能这样相信我，我……这借条是份好教材啊，我要向全公司的员工讲讲它的故事，讲讲在人与人之间树立起诚信和互助的观念，是多么重要！"

张有良的这番话，让涛涛听得激动不已，他对张有良说："张叔叔，你说得太好了。现在在我们家困难的时候，你主动资助我,对这份关爱和支持,我一辈子也不会忘记的。"他说着,从张有良办公桌上拿过一支笔,说,"但是张叔叔,你这份资助我不能白拿,我要给你打一张借条,等以后工作了,这钱一定要加倍还你。"

张有良一把拦住他说:"你别胡扯,这个资助不需要偿还,你打借条干什么?"

涛涛却坚决不答应:"张叔叔,你不求偿还是你的事,可我却不能拿了就完事。这借条你若不接受,那我就保管在身边吧,我会永远记住有一位个体老板曾经给过我的人间真爱!"

涛涛这番话,很让爸爸妈妈对他刮目相看,他们欣喜地瞧着涛涛,觉得他好像突然长大了,变成熟了。爸爸说:"涛涛说得对。这借条就一式两份,我们和你张叔叔分别保管吧!"

一家四口告别张有良回了家。很快,床底下的破纸夹被修整过了,里面多了一张新借条……

（张兴元）

（题图:箭　中）

螃蟹的半条腿

　　张老板看到这几年人们大鱼大肉吃腻了，就在小城开了家"四季鲜"螃蟹店。

　　刚开张时，螃蟹店生意挺兴隆，可谁知没多久便冷清下来。张老板问他的朋友，能不能请个高手来指点指点。

　　这天，螃蟹店里来了一个客人，客人要了一斤螃蟹，要求做成两盘，一盘红烧，一盘清蒸，并吩咐服务员："请先把螃蟹拿来让我看看。"

　　服务员便给他提来一网兜四个螃蟹，说："正好一斤，请先生过目。"

　　客人把手伸进网兜，将四个螃蟹翻了个遍，夸道："好新鲜的螃蟹，行，我就要这四个。"

没一会儿,两盘做好的螃蟹端上来了,客人一瞅,红烧的红彤彤,清蒸的白生生,煞是好看。

客人又要了一瓶酒,对服务员说:"能不能请你们老板来,我想和他喝两杯。"

张老板应邀来了,客人斟满两杯酒,把四个螃蟹翻了个个儿,问道:"老板,我觉得这螃蟹多了点什么。"

多了点什么?张老板仔细看了看四只完完整整的螃蟹,奇怪起来:"什么也不多呀!"

客人呵呵一笑,说:"每只螃蟹多了半条腿。"

张老板觉得挺奇怪,说:"我只见过一个螃蟹有八条腿,难道还有八条半腿的?"

客人意味深长地笑了笑,朝张老板伸出手来。

张老板一瞧,客人手里捏着四个螃蟹腿,都是半条的,脸一下子红了。原来,张老板到水产店买螃蟹时,发现死螃蟹比活螃蟹便宜得多,于是每天就买一半死的一半活的。客人点完螃蟹验看时,服务员就拿活螃蟹出来,而让厨师做的却是死螃蟹。今天这个客人在翻看螃蟹时,趁服务员没察觉,悄悄把每只螃蟹都掐掉了半条腿,现在服务员把完整的八条腿死蟹煮了端上来,张老板的把戏不是被拆穿了吗?

客人说:"老板,食客来吃螃蟹,就是图个新鲜,以死充活,店里的生意长不了。"

张老板不由脱口道:"不知先生是干什么的?"

客人说:"我就是你朋友请的……"

张老板顿时一脸惭愧,赶紧恭恭敬敬地向客人请教,该怎样让店里的生意重新兴隆起来。

客人说:"我已经了解过了,店里所以生意清淡下来,就是因为以死充活的坏名声传出去了,现在光说空话已经很难让顾客信服了。"

张老板不由张口结舌,想了想说:"那……我以后让服务员在每张桌上放一把剪刀,让客人验看螃蟹时当场剪掉活螃蟹的半条腿,放在餐桌上,等蟹做好了端上来时,让他们再当场验看。"

客人一听笑出了声,说:"如果你还是买进一半死蟹,再给死蟹剪去半条腿,那放把剪刀又有什么用呢?依我看,放不放剪刀只是形式,最要紧的是心上放两个字……"

张老板急着问:"哪两个字?"

客人一字一顿道:"诚——信!"

张老板顿有所悟……

（王道庄）

（题图:安玉民）

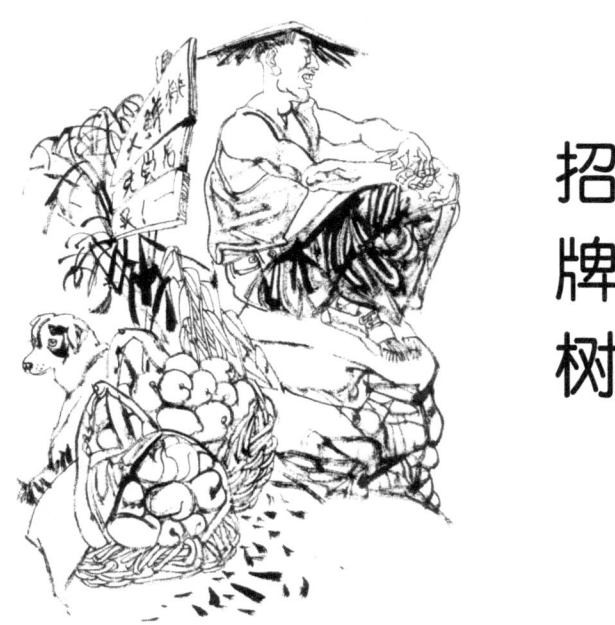

招牌树

　　小王村原本有三亩集体果园，因为修路，被占去二亩半，只剩下半亩，总共才十多棵桃树。由于这些桃树已经过了盛果期，而且又紧靠马路，管理起来很麻烦，所以尽管村主任王得利做了好几天动员，也没人敢来承包。

　　没办法，村委会打算刨掉它们，改种庄稼。

　　正在这当儿，外出打工刚回到家的王大胜知道了这事，也没跟老婆商量，就到村主任王得利家说，这几棵桃树他包了，按最高价承包，并当场签了合同交了钱。

　　可是王大胜回家一说，老婆立马和他翻了脸："你是不是马尿喝多了犯糊涂呀？人家谁都不想要的这几棵破树，村里都想刨了，你还偏偏去出高价，咱自己已经有四亩大桃园了，还得分开精力去单独伺候这么几棵树，划得来吗？"

王大胜不理这茬，一脸神秘地朝老婆摆摆手说："你就瞧好吧！"

村里不少人猜不透王大胜葫芦里在卖什么药，都等着准备看他的笑话。

王大胜也不理这拨人的茬，从此就开始精心打理起那半亩果园来，他对那几棵老态龙钟的桃树伺候得十分周到，施肥、浇水，丝毫不敢怠慢。

转眼间，麦秋已过，桃子慢慢成熟了，虽然说不上硕果累累，但那红白相间的大桃子在马路边显得特别招眼。为了防止娃娃们偷吃，王大胜特意在那儿盖了间茅屋日夜看护着，还在茅屋前挂了个大牌子，上面用红漆歪歪扭扭写着：大鲜桃，先尝后买，绝对新鲜无污染。

还别说，马路上南来北往的赶路人，谁见了这无污染的大桃子不动心？加上"先尝后买"的招牌，谁顶得住这诱惑？那些赶脚的、骑车的，到了这儿纷纷驻足，甚至不少光鲜的小轿车也都在茅屋前停了下来。

王大胜热情地招呼大家："先尝后买，先尝后买！"

大伙儿尝了以后，都不住地点头："来五斤！""来十斤！"

买桃人络绎不绝，王大胜乐得合不拢嘴。

直到这时，村里人才恍然大悟：王大胜的算盘原来打在这里。

不过有一点起初让他们奇怪：这几棵老桃树，满打满算产量也不会超过二百斤，可王大胜愣是没停过买卖，他摆在路边的这个摊子，每天桃子总是摆得满满当当。但很快，他们就发现了个中秘密：原来他是把他自家那四亩桃园里的桃子摘到了这里，而路边这几棵挂满了红白相间大桃子的老桃树，就成了他家果园的"招牌树"。往年桃子往外批发，价格要低不少，可王大胜现在用这个办法卖桃,不但价格卖得高,而且卖得快。

这一茬,王大胜实实在在地赚了一笔!

这么一来,村里那拨原先要看王大胜好戏的人,自然对王大胜刮目相看了。

可谁知到了这年秋后,村主任王得利通知王大胜,这半亩果园不让承包了。

王大胜说:"咱们可是有合同在先的!"

王得利两眼一瞪:"屁,村里的事儿我说了算。你要是愿意再包下去,那承包费就得按今年的三倍算,不涨不行,否则免谈!"

王大胜没办法,只得忍痛割爱。

不过说来也奇了,自从王得利收回了果园的承包权之后,这十多棵桃树似乎故意与他作对,到了第二年春上,树上的桃子寥寥无几,而且都小得可怜。王得利顾不得这许多,也像王大胜那样,在路边撑起个摊儿,挂了牌子,也把自家另处的桃子弄到这里卖。可没想效果却大打折扣,桃子最后卖不掉,都烂在了那里。

有人就问王大胜:"难道这招牌树也认人不成?"

王大胜摇摇头,感叹着说:"果树过了盛果期,容易出现'大小年',第一年丰,第二年歉,所以结的果才这么埋汰。不过这不是主要原因,关键是你不能为了赚钱往树上猛打催熟剂,那颜色看上去就不对,尝起来一点甜味也没有,谁愿意买?"

看来,这招牌树只是招牌,招牌硬不硬,关键还得看人心正不正!

(芙 韬)

(**题图**:安玉民)

马路边上捡的钱

　　有个学生叫武晓刚,刚读初中。这天早晨,他在上学的路上走着,突然看见马路边的草丛里有什么东西,说是"马路",其实就是他们村子通往村小学的那条碎石子路。武晓刚上前一看,竟然是一捆钱,估了估,大约有十万多。武晓刚一下子吓傻了,心里想道:丢钱的人该有多着急啊! 老师平时教育我们要拾金不昧,这钱我应该交公。

　　武晓刚拿着钱往前走,忽然看见路边站着一位警察叔叔,这里是僻静的小村子,平时不大有警察来,除非发生了什么案子。武晓刚赶紧走过去,向他说明情况,把钱交给了他。

　　警察很高兴,他说他是乡派出所的所长,还摸着武晓刚的头表扬了几句,然后就匆匆忙忙走了。武晓刚做好事没留名,也没把这事和谁说。

过了两天,武晓刚正在上课,忽然教导主任引着一位警察走进教室。警察问同学们:"大前天,有人在你们学校通往村里的路上掉了十万块钱,有谁捡到或者见到过吗?"

武晓刚听了心里"扑腾扑腾"直跳,脸上也热辣辣的,他站起身来说:"警察叔叔,这钱是我捡到的。"

警察一听,立刻轻松地吐出一口粗气,显出一副如释重负的样子,说:"太好了。那么钱呢?"

武晓刚说:"我交给乡派出所的所长了。"

谁知武晓刚话音刚落,教导主任就着急地指着站在他身边的这位警察说:"武晓刚,他就是乡派出所的肖所长啊,你怎么说是把钱交给他了?"

武晓刚一听教导主任的话惊呆了,吓得脑袋瓜"嗡嗡"直响,一句话也说不上来。肖所长一看情况不对,当机立断赶紧把武晓刚接到派出所去,命令全体警察在院子里集合,让武晓刚挨个辨认,到底他把钱交给哪个人了。

武晓刚心里七上八下的,他仔仔细细把这些警察叔叔瞅了个遍,可是根本就没有那天他交钱给他的那个人。肖所长相信武晓刚没有撒谎,于是就决定先开车把他送回家。

可是这时,武晓刚家里已经乱了套,村里的潘老转领着他儿子正在武晓刚家里闹。潘家是村里的首富,自己开着奶牛场,据潘老转讲,武晓刚捡的那十万块钱是他二儿子丢的,那天二儿子喝了酒,晚上骑摩托回家时在路上摔了一跤,把钱掉了也不知道。如今他听说钱是武晓刚捡的,就上门来吵着要。肖所长教育了他们几句,说这事由公安解决,不许再闹,潘家父子这才恨恨地走了。

当晚,武晓刚家院子里的草垛就被人点了火,险些烧到正房。

第二天,武晓刚的哥哥黑着脸从外面回来,不由分说照着武晓刚就是一巴掌。原来武家因为穷,武晓刚哥哥好不容易谈了个对象,都要操办婚事了,可是现在对象却提出要分手,说:"你弟的事十里八乡都传遍了,他这不是弱智吗?捡了这么多钱却要去交公,傻!你家穷点也就算了,可再摊上这么个傻弟弟,我跟着你们可拖累不起。"就这样,武晓刚哥哥的婚事硬是给吹了。

武晓刚心里冤哪:在乡亲们心目中,我竟然成了傻子?亲人的怨恨,旁人的白眼,武晓刚实在受不了啦,他决定离家出走。趁家人不备,他徒步走到县城,看到一辆货运火车正待发车,就三脚两脚地爬了上去。

一天一夜后,武晓刚在一个陌生的城市偷偷下了车。他肚子实在饿得难受,于是就溜进候车大厅,准备厚厚脸皮去向那些候车的旅客要点吃的,可就在这时,他突然看到一个西装革履的中年男子正坐在那里闭目养神,腿上搁着一只咖啡色的密码箱。武晓刚心里一阵狂跳:这不正是那个说自己是派出所所长、骗走十万块钱的人吗?你这个该死的家伙,害得我现在书也读不成,跑到这么远的地方来。哼,今天是老天爷开眼,让我看到了你,说啥我也不会再放过你了!

几乎是在同时,那中年男子忽然睁开了眼睛,无意中他正好与武晓刚对上了眼,立即惊慌失措起来,站起身拔腿就要跑。武晓刚什么也顾不上了,灵机一动就一个箭步冲上去,死死抱住他的腰,放声大叫:"抓杀人犯啊,快救命啊!"那男子拼命挣脱,拔出拳来猛揍武晓刚。好在这是候车大厅,警察们很快就跑过来了,不由分说把两人一起带进了值班室。

警察问武晓刚是怎么回事,武晓刚说:"这个骗子冒充警察,骗了我捡的十万块钱。那钱是我们村潘老转家的,你只要给丰河县宝良乡派出所的肖所长挂个电话,就全清楚了。"警察一听,立刻就掏出手机打电话。

　　这时,另外两个警察已经把中年男子的密码箱检查过了,他们"喀嚓"一声给他戴上了手铐,喝问道:"快说,这密码箱里的'状元卷'是哪来的?"那中年男子见"大局已定",垂头丧气地瞪一眼武晓刚,咬牙切齿地说:"小兔崽子,你可坑死你爷爷了!"

　　武晓刚解气地一笑,说:"谁让你先骗我的? 这叫恶有恶报!"

　　第二天上午,肖所长带着武晓刚的哥哥赶来了。此时,事情也都弄清楚了:那中年男子是个文物大盗,盗窃了市博物馆的一件镇馆之宝,这是明朝英宗年间一位状元的殿试卷,极为罕见。那天半夜,这家伙带着状元卷乘火车逃跑,路上见警察查得紧,就半路跳了车。天亮时,这家伙正好流窜到武晓刚捡钱的那条路上,他作案穿的是假警服,武晓刚误当了真,于是他就来了个"顺手牵羊"。不料正是这十万块钱的线索,使他落入了法网……

　　终于追回来了的十万块钱,自然返还给了潘家。再说博物馆的状元卷被盗,影响极坏,所以当地警方曾悬赏二十万块抓捕案犯,这样一来,武晓刚自然也就成了这笔奖金的获得者!

　　不久,县教育局授予武晓刚"智勇双全少先队员"的光荣称号! 他哥那个吹了的对象又腆着脸登门了,痛哭流涕了好几次,他哥最后还是原谅了她。两人很快就把喜事办了,据说办事用的,就是武晓刚拿到的那笔奖金的一部分……

　　　　　　　　　　　　　　　　　　　(李元奎)

　　　　　　　　　　　　　　　　　　(题图:杨宏富)

就是没给钱

小妮儿刚满十七岁就进城打工了,她运气不错,很快就在城里找到一个活儿,在饭店做服务员,每月三百块,还管吃住。小妮儿在饭店干了一个月,没出过差错,老板娘挺喜欢她,还说以后要给她加工资呢!

这天中午,像往常一样,饭店里忙忙碌碌的。

吃饭的客人中,有一位名叫大岗。大岗下午不上班,老婆回娘家了,他来饭店要了份十块钱的套餐,急着吃完了回去看球赛。可谁知付账的时候,他一摸上衣兜,暗叫不好,原来出门前换衣服,忘带钱了。再摸裤兜,手机也没带。

大岗紧张起来,这可怎么办才好?要是跟饭店里说自己回家去拿钱送来,这年头人家会信自己吗?弄不好吵起来,自己一个大男人,可要丢死人啦。大岗平时鬼机灵不少,同事们都叫他"智多星",智多星总不能被这十块钱憋死吧？思来想去,他一咬牙站起身来,硬着头皮朝门外走,打算趁店堂里进进出出的人多先混出去,回去拿了钱再来还给饭店。

可是他没能逃过老板娘的眼睛,老板娘微笑着在饭店门口把他拦下了:"这位先生,不好意思,您是不是忘埋单了？"

大岗心里"格登"一下,不由暗暗叫苦,扭头一看,正好一个模样儿俊秀的女服务员端着菜盘子走过,他急中生智立刻顺手一指,对老板娘说:"钱我已经给她了呀！"

老板娘一愣,立刻叫住女服务员,问她道:"这位先生的钱你收过了？"

这位女服务员正是小妮儿！小妮儿莫名其妙地看了看大岗,说:"先生,你是不是认错人了？我什么时候收过你的钱？"

大岗这时已是骑虎难下,他后悔自己没说实话,但谎话既然开了头,只得编下去。他故作镇定地说:"小妹妹,这么多顾客,你是搞糊涂了吧？我给了你一张十块的,你忘了吗？"

"不会,我从来都不会记错,谁给钱谁没给钱,我都记得清清楚楚!"小妮儿到底出来打工不久,没经过世面,这时一着急,眼圈一红,快哭出来了。

老板娘站在旁边,一副欲言又止的模样。

其他客人闻声,都纷纷朝这边看。大岗顿时觉得脸上有些发烫,眼角悄悄一瞄,突然发现吃饭的客人中有一个是自己单位另一个部门的同事,再一看,还有两个竟是和自己住一个小区的。他心里不由一惊:这些人虽说平时见面仅打个招呼而已,可俗话说"好事不出门,坏事传千里",今天这事如果处理不好,肯定要被传得满城风雨。大岗这会儿真是又急又羞,只想找个地缝钻进去。

真是天无绝人之路！大岗正手足无措的时候,无意间一摸屁股上的后裤兜,感觉里面有点硬,忽然想起来,每次换裤子的时候,老婆总是在他的后裤兜里放上一百块钱,说他生性马虎,万一哪天出门忘了带钱,可以应应急。这不,今天果然派上用场了。

不过大岗刚想掏钱付账,却又缩回了手:这样做,不是明摆着承认自己刚才是撒谎赖饭钱,自己扇自己耳光吗?

这时,老板娘看饭店里客人都不吃饭,朝这边看热闹,怕影响生意,就打圆场道:"算啦,算啦,这件事情到此为止。先生,你走吧!"

"不行!"大岗此刻知道自己兜里有了钱,口气就硬起来,他要让那几个熟面孔相信自己刚才是真的付过钱了。"我不能就这么不明不白地走!"大岗指指自己的胸口,拔高喉咙说,"你们看我像赖饭钱的人吗?"大岗是外企的部门经理,一副成功白领的模样,身上的行头少说也有一千多块。

老板娘看看他,笑了笑,不置可否。

大岗这时候就掏出裤兜里那一百元钱来,问老板娘:"你看这张钞票假不假?"

老板娘不知道大岗什么意思,看了看,说:"不假呀!"

大岗早就瞅见收银台上有个打火机,跑过去拿起来打着了,就要往这张百元钞票上点。"啊!"很多客人发出了惊呼。

老板娘一把拉住大岗:"别,别,这位先生,跟什么过不去,也别跟钱过不去呀!"

小妮儿瞪着一双大眼睛,呆住了。

大岗对自己的表演挺满意,于是便借坡下驴,把这张一百元收了起来,说:"我连一百块都敢烧,难道会赖你们区区十块饭钱?"

这下,大家不得不信了大岗的话,把谴责的目光投到了小妮儿身上。大岗见自己的目的达到了,就要往外走。

"你不能走,你就是没给我钱!"小妮儿眼眶里闪着委屈又倔犟的泪光。可是此时,顾客中已经有人对小妮儿露出了鄙视的神情。

老板娘突然神色一变,冲小妮儿喝道:"你这个鬼丫头,拿了客人的钱,还在这里狡辩?你不让别人走,我让你走!给,这是你一个月的工钱,快拿了钱给我走人!"老板娘一边呵斥,一边就拿出三张百元钞票扔给小妮儿。

随即,老板娘又换上一副笑脸,朝客人道:"唉,都是这个乡下丫头给闹的,不好意思啦,请大家继续用餐!"

大岗没想到因为自己的这个举动会害得小妮儿失去工作,心里觉得有些内疚,可事已至此,他也没有办法了,一低头,就匆匆朝外走。

"你……"小妮儿还想追上他说什么,被老板娘喝住了,"你还没闹够吗?还不快拿了钱走人!"

"我不要你的钱!"小妮儿一头冲出店堂,跑出老远,又回头朝站在门口的老板娘喊道,"我没有赖客人的钱!"小妮儿又伤心又委屈,见大岗还没走远,就又追了上去。

大岗做了亏心事,只顾埋头往前走,一直走到自己家楼下了,一扭头,见小妮儿跟上来了,吓了一跳,结结巴巴地说:"你……你跟着我干什么?"

小妮儿眼眶里含着泪,却始终不让它流出来,瞪着大岗说:"你就是没给我钱!"

大岗做贼心虚,在小妮儿面前也没胆量再硬撑了,便说:"我要回家了,你现在跟着我也没用。"

小妮儿不说话,就是死死地跟在大岗后面。大岗快步上楼,打开防盗门,侧身钻进屋,"咣"地急忙关上了门,小妮倒也不跟着大岗进屋,在大岗门前一坐,不动了。过一会儿,大岗忍不住透过门上的猫眼看一看,又过一会儿,又透过门上的猫眼看一看,谁知小妮儿坐在那儿几个小时都没走。这下,大岗哪还有心思看球赛了?

这么僵下去不是个事儿呀,再说原本也是自己对不住人家。大岗一狠心,从家里拿出五百块钱,打开房门,冲小妮儿说道:"小妹妹,今天是我不对,如今也没办法了,这五百块钱你拿着,再找一份活做吧!"

大岗想把钱塞给小妮儿,没料想小妮儿不接钱,斩钉截铁地说:"我不要你的钱,我要你回去跟老板娘说明白,你就是没给过我钱。"

"哼!敬酒不吃吃罚酒!"大岗见软的不行,就用硬的来吓唬小妮儿,"你不要的话,连这五百块也没了!"

小妮儿还是不理他。

大岗急了,眼看邻居们都要下班回来了,这事儿要让别人知道,不光彩呀!大岗咬咬牙,进屋拿出一千块钱,对小妮儿说:"好了,这下你满意了吧?这一千块,够你三个月的工资呢,还不拿着钱快走!"

"我不要!"小妮儿仍是那句话,"你和我一起去跟老板娘说实话。"

天哪,这下大岗真的没辙了:这个乡下女孩儿怎么一根筋呀?他不得不认输,跟小妮儿回饭店,去见老板娘。

三个人来到饭店里一个没人的房间,大岗面色羞愧,只好吞吞吐吐地讲出了实情。

老板娘一点儿也没有感到吃惊,说:"饭店里哪怕顾客再多,谁付过账,谁没付账,我全都明明白白,从一开始我就知道你没给钱。"

"啊?"大岗愣住了,"既然你知道小妮儿是被冤枉的,那怎么还辞退她?"不过话刚出口,他就想明白了:自己用烧钱的办法让别人相信自己,那老板娘为了不影响饭店声誉,就只好牺牲小妮儿了。他不由问老板娘："那你以后还继续聘用她吗?"

"不行呀!"老板娘苦笑道,"谁让你把戏演得那么像? 如果我还留着她,饭店今后还怎么让顾客相信?"

老板娘神情复杂地转向小妮儿,她拉起小妮儿的手,拿出六百块钱说:"小妮儿,这事儿只能委屈你了,我给你双份工钱,你再去找份工作吧。"

大岗也赶紧把那一千块钱又掏了出来,说:"都怪我,我实在是对不起你,这点钱你一定要收下,算是我对你的补偿吧!"

小妮儿在眼眶里忍了一天的泪水,这时候终于夺眶而出!她伸手打开老板娘和大岗给她的钱,哭着喊道:"我没有错,你们为什么要这么对我? 这不明不白的钱,我不稀罕!"她伤心地抽泣着,转身冲出房间,跑出了饭店。

外面起风了! 风裹着小妮儿单薄的身影,越来越远,任凭老板娘和大岗怎么呼喊,小妮儿也没有回头……

(芦宏伟)

(题图:安玉民)